エノク第二部隊の
遠征ごはん
文庫版
③

ザラ・アート
魔斧色欲《ルクスリア》
クロウ・ルードティンク
魔剣傲慢《スペルビア》
アルブム
アメリア
シャルロット
メル・リスリス
魔棒暴食《グラ》

ガル・ガル
魔槍憤怒《イラ》
ジュン・ウルガス
魔弓怠惰《アケディア》
スラちゃん
アンナ・ベルリー
魔双剣強欲《アワリティア》
リーゼロッテ・リヒテンベルガー
魔杖嫉妬《インウィディア》
エノク第二遠征部隊
新しい武器&新しい仲間!

発火《イグニシオン》せよ！

すると、ボッっと音を立てて、火柱を上げる炎。

ごうごうと燃え盛り、消える気配はない。

「こ、これが、メルちゃんの……魔力の効果……？」

ザラさんは静かに目を見張り、驚いていた。

私はというと――。

「や、やった～～！」

ばんざいをして喜ぶ。

エノク第二部隊の遠征ごはん
文庫版
③

著：江本マシメサ
イラスト：赤井てら

GCN文庫

CONTENTS

※ノベルズ版3巻収録の「挿話 シャルロットのお留守番と、ご褒美スイーツ」「番外編 初めての市場と、大鮭の燻製」は文庫版4巻での収録となります。

驚きの再会と、ナッツ飴

　魔力なし、器量なし、財産なしと、フォレ・エルフとして残念な私が王都にやってきて、早くも半年経った。事務を希望していたのに、あれよあれよと試験を通過し、エノク第二遠征部隊に配属されて今に至る。

　第二部隊の仲間達は個性豊かで、類は友を呼ぶというか、何というか。

　ルードティンク隊長は見上げるほどの大男で、太い眉に鋭い目付き、不機嫌に曲がった口元に伸ばされた髭と、山賊のような風貌をしていた。ある日、髭を剃ったけれど、それでも山賊だった。

　そんな事実はさて置いて、ルードティンク隊長は二十歳と年若いけれど、大剣から繰り出す攻撃は魔物を一刀両断し、その上統率力があって優秀な隊長だ。そんな人物であるが、猫舌だったり、見た目が悪い食べ物に拒絶反応を示したりと、繊細な一面がある。

　ベルリー副隊長は男装の麗人で、性格は真面目な人だ。ルードティンク隊長が暴走しかけた時のストッパーの役目も果たしたり、隊員達が険悪な雰囲気になったら取り持ったりと、第二部隊のイチの清涼剤みたいな人だ。私にも親身で、相談に乗ってくれる、優しいお姉さんである。けれど、戦闘になったら双剣を握り、素早さを生かした連続攻撃を繰り出す。第二部隊イチの俊足の持ち主でもあり、伝令や敵の追跡なども任されているのだ。

ガルさんは赤毛の狼獣人で、体は大きいけれど、心は優しい。手先が器用で、遠征先で木の棒からフォークを作ったり、葉っぱからコップを作ったりしてくれる。性格は穏やか。戦闘も槍を操り、誰かの補助的な立ち回りをすることが多い。私が任務についてきている時は一番気にしてくれて、休憩を申し出てくれる気遣いの人なのだ。

ウルガスは私の一つ下の十七歳の少年で、優秀な弓使いだ。年頃の少年らしい性格で、最近はモテたいからか服装なども気を付けているようだが、モテている気配はない。

ザラさんは女装が似合う美人さんだったけれど、最近はしていないらしい。とにかく綺麗な顔立ちで、羨ましく思ってしまう。そんなザラさんは柄《え》の長い戦斧《せんぷ》使いで、戦闘では迫力のある戦いっぷりを見せてくれるのだ。雪国出身で、慎ましい一面もある。趣味は私と同じ裁縫や料理で、一度語り合うと止まらない。一番仲良くさせてもらっている、お姉ちゃんみたいな人だ。男性だけど。

新しい隊員、リーゼロッテは幻獣保護局の一員で、リヒテンベルガー侯爵家のご令嬢でもある。貴族の娘がなぜ騎士に？　と思うだろうけれど、理由は私と契約した鷹獅子《グリフォン》のアメリアがいるからだろう。入隊の際、「軽い気持ちで騎士をするな」と言うルードティンク隊長と口論になった。とても、厳しい言葉だ。でも、無理はない。騎士は命を懸けて戦うことを仕事とする。半端な覚悟ではできない。

しかし、リーゼロッテは持ち前の根性と幻獣愛で遠征任務を乗り切った。その頑張りをルードティンク隊長は認め、今も第二部隊の一員として活躍している。

彼女の繰り出す魔法は強力で、貴重な遠距離からの攻撃手として重宝されているのだ。

と、このように、愉快な仲間達と遠征任務を頑張っている。

ないない尽くしの私でも、何とか騎士としての務めを果たしている。それもこれも第二部隊のみんなの支えあってのことだろう。

これからも騎士として、立派な務めを果たせたらいいなと思っている。

＊

本日は遠征に持っていく保存食を作るよう、ルードティンク隊長に命じられていた。何を作ろうか考えながら、寮にある食堂で朝食を食べる。

本日の品目は干し果物の入った黒パンに、骨付き肉入りのスープ、チーズの入ったオムレツと私の好きなものばかりであった。

相変わらずおいしいし、食卓を一緒に囲む女性騎士達は気さくに話しかけてくれる。

目の前によく世間話をする若い騎士が座った。私と同じ十八歳で、地方から出稼ぎに来ているらしい。共通点もあるので仲良くさせてもらっていた。

「そういえば、寮に毎朝カッコイイ騎士のお兄さんが迎えに来ているけれど、エルフの女の子を待っているって聞いたの。もしかして、あなたのこと？」

エルフといったら、騎士隊には一人しかいないと聞いている。よって、エルフの女の子とは私のことだろう。カッコイイ騎士のお兄さんはザラさんに違いない。

「たぶん、そうだと思います」

「やっぱり？　ねえ、あなた達、付き合っているの？」

まさかの質問に、飲んでいたスープを噴《ふ》き出しそうになった。が、寸前でゴクンと飲み込んだ。あ、危ない。

「毎朝一緒に通勤しているなんて、お熱いなあ」

「ち、違います！　一緒に出勤しているのは、その、他の騎士が私に絡むので、それを防ぐためです」

「あら、そうなの？」

「そうなんです！」

「なるほど。なんか、彼女いないいんだったら付き合いたいみたいに言っている人、多いみたい」

「それは、それは」

来たばかりのザラさんは男装の麗人っぽい雰囲気で、寮の前に立っていても目立たなかった。しかし、最近は男性っぽいというか……いや、男性なんだけど。

とにかく、雰囲気が変わったので目立ってしまうらしい。他の女性騎士にも、最近ザラさんについて聞かれることが多くなったけれど、そういう意味だったのかと気付く。

このままでは迷惑をかけてしまいそうだ。アメリアのこともあるので、早く引っ越しをしなければならない。

『クエックエ～！』

のんびり喋っていたら、邪魔にならないところに座っていたアメリアが鳴き出した。

「鷹獅子《グリフォン》、何て言っているの？」

「遅刻するから急いだほうがいいと言っています」

「しっかりしているね」

「もしかしたら、私よりしっかりしているかもしれません」

アメリアと出会った頃は半メトルもない小さな体だったが、今は一メトル近くまで成長している。

果物も一人で食べられるし、夜泣きもしない。一人前の鷹獅子《グリフォン》に成長しつつあった。

幻獣の成長は驚くほど早いのだ。

『クエクエ!』

「はいはい。急ぎますよ。あ、すみません、お先に」

「ううん、大丈夫。じゃあね～」

「はい。また今度!」

食器の載ったお盆を戻し、小走りでザラさんの待つ寮の門に急いだ。

「ザラさん、おはようございます」

「おはよう、メルちゃん」

ザラさんは今日も、輝かんばかりの笑みを向けて挨拶をしてくれる。非常に眼福である。

そんなザラさんと他愛《たわい》もない話をしながら、歩いていった。十分ほどで第二部隊の騎士舎に辿《たど》り着く。始業まで休憩室で過ごした。

「リスリス衛生兵、おはようございます!」

元気よく挨拶をしてくれたのは、ウルガス。ガルさんも手を上げておはようと声をかけてくれた。

どうやら、朝から二人で新聞を広げて読んでいたらしい。

「リスリス衛生兵、今日、市場で大安売りがあるらしいですよ。ナッツ類が安いそうです。今日が買い出しの日で良かったですね」

ウルガスが新聞に書いてあった耳寄りな情報を教えてくれる。

「ウルガス、毎月この日は大安売りなんですよ」

「まさか、狙っていたとは。さすが、リスリス衛生兵です」

「でも、ナッツ類の安売りは知りませんでした。ありがとうございます」

「いえいえ」

栄養価の高いナッツは優秀な兵糧食だ。買い物一覧に追加せねば。

ウルガスと情報交換を行っていたら、リーゼロッテがやってくる。

「リーゼロッテ、おはようございます」

「おはよう」

クールな感じで挨拶を返していたけれど、アメリアを見た途端に顔が綻《ほころ》ぶ。その様子は、孫を目にした爺婆《ジジババ》のようだ。彼女の幻獣好きな態度は、決して揺るがない。

ここで、始業前の鐘が鳴る。揃って、執務室へと移動した。朝礼が始まる。

ルードティンク隊長が昨晩の報告を読み上げた。特に、大きな事件はなかったようだ。

その後、本日の仕事を言い渡される。

「ベルリーはこのあと定例会議に行け。ガルとザラは訓練。ウルガスは買い出し。リヒテンベルガーは研修だ。最後にリスリス」

「はい」

「お前は新しく配属される人員を、アメリアと共に人事部の事務所に迎えに行くように」

新しい人員とは？　詳しい説明を求める。

「ずっと、日頃の掃除や遠征中にここの管理をしてくれる者を派遣するよう依頼していたのだが、やっと人が配属されることになった」

「な、なるほど！」

どうやら、メイドさんが来てくれるらしい。ルードティンク隊長は私が配属される前から、申請を出していたようだ。

「やっと来てくれるのですね」

ウルガスが感激したように呟く。今まで、私とウルガスの下っ端組が毎日掃除をしていたのだ。

「以上で朝礼は終わりだ。解散！」

みんな、散り散りになる。私は聞きたいことがあったので、執務室に残った。

「あの、ルードティンク隊長」

「どうした？」

「新しいメイドさんの名前を聞いていなかったなと思いまして」

「ああ。通達書に書いていなかったんだ。人事部の事務所に行ったらわかるはずだから、心配するな」

「わかりました」

朝、急に書類が届けられたらしく、詳しい話は聞けなかったらしい。

まあいいかと思い、そのまま人事部に向かった。

アメリアと共に各部隊との間を繋ぐ長い渡り廊下を抜け、中央食堂のある大きな建物の中へと入る。二階に上がり、廊下の奥にある人事部の事務所の扉を叩いた。

四十代くらいの、眼鏡をかけた細身の男性が顔を出す。

「おはようございます。第二遠征部隊の、メル・リスリスです」

「あ～はいはい。朝からお疲れ様です」

メイドさんはすでに面会室で待っているらしい。いったいどんな人が配属されるのか、ドキドキだ。

事務所の奥にある、面会室に案内される。コンコンコンと扉を叩くと、「どうぞ」という返事があったので戸を開くと――。

ぴょこんと動く耳が目に付いた。それから、存在感のあるフカフカの大きな尻尾《しっぽ》も。

年ごろは十二歳から十三歳くらいか。銀髪に褐色の肌、琥珀色の大きな瞳。お仕着せに身を包んだその人物は、見知った顔だった。

「わっ、シャルロットだ!!」

「メル!!」

シャルロットは立ち上がり、私のもとへと駆けてくる。

「会いた、かった！」

そう言って、抱きついてくる。

「私もです！　って、この国の言葉を覚えたんですね！」

狐獣人であるシャルロットを、奴隷商が異国の地から無理矢理この国へ連れてきたのだ。

しばらく騎士隊が保護すると言っていたけれど、お仕着せを着ているということはここで働いているのか？

「彼女の暮らしていた森は自然火災で全焼しているらしく、帰る場所がないとのことです」

「そう、だったのですね」

森から逃げ出したシャルロットを捕まえたのが、奴隷商だったようだ。

「シャルロット……辛かったのですね……」

私に身を寄せるシャルロットの体を、ぎゅっと抱きしめた。

「大丈夫。もう、こわいこと、ないって言っていたから」

「はい！」

保護されてから今日まで、言葉を覚えていたようだ。

「まだ言葉遣いはカタコトですが、彼女は働くことを強く望んでおりましたから」

配属先に悩んだがシャルロットが私に会いたいと訴えたために、第二部隊だったらいいのではという声が上がったらしい。

「お手数とは思いますが、共に過ごす中でどうか彼女に言葉を教えていただけたらなと」

「それはもちろんです」

私はシャルロットの耳元で囁《ささや》く。

「これから、一緒に頑張りましょう」

シャルロットは私から離れ、笑顔で頷いた。

事件解決から、一ヶ月くらいだろうか？　シャルロットは一生懸命勉強していたようだ。

どうやら、アメリアとの再会も楽しみにしていたようだ。

「アメリア！」

「カワイイ、カワイイね」

『クエ～！』

シャルロットはアメリアの体を抱きしめ、頬ずりする。

「××、×××……！」

途中から、シャルロットは祖国の言葉を話し出す。意味はわからなかったが、耳はピコピコと動き、尻尾もぶんぶんと振っていた。とても嬉しそうだ。

「良かったです」

ったらしい。

人事部のおじさんが呟く。あのように、シャルロットが明るく笑うことなど今までなか
「安心して、お任せできます」

その後、人事部のおじさんより説明を受ける。

現在、シャルロットはとある慈善活動家が後見人となっているようだ。その支援金で、勉強したり生活を送っていたりしているのだとか。寝起きしているのは、他のメイドらと同じ女子寮らしい。

「勤務時間は騎士隊と同じです。仕事は掃除の他に、雑用でも何でもすると言っています。遠征時は、書類の受け取りや、騎士舎の管理などを行います」

「わかりました」

「彼女のことを、よろしくお願いいたします」

「任せてください」

ドンと胸を叩きながら答える。

「では、シャルロット、行きましょう」

「うん！」

言語の理解度は聞き取り四割、書き取り二割ほどらしい。まあ、伝わらない部分は身振り手振りで何とかなるだろう。

「シャルロット、今から、仲間を紹介しますね」

「ナマカ?.」

「仲間、なかま、ですよ」

「なかま、なに?.」

「力を合わせて頑張る……う～ん」

なかなか、説明が難しい言葉だ。シャルロットにわかりやすいよう、説明してみる。

「何でしょう。家族……ですかね」

「かぞく?.」

「そうです。ガルさんがお父さんで、ザラさんがお母さんで」

ザラさんがお母さんなのはちょっとおかしい気がするけれど、料理が上手で綺麗でといったら、他に相応《ふさわ》しいものがなかった。

「ベルリー副隊長がお姉さん、ウルガスが弟で、リーゼロッテは妹で――」

みんな家族のような存在だと言ったら、シャルロットの強張った表情も柔らかくなる。

「最後に、ルードティンク隊長は――山賊ですかね」

「メル、サンゾクって?.」

シャルロットの問いかけを聞いてハッとなる。

「あ、違います。山賊は関係ないです。ルードティンク隊長は……」

近所のガラの悪いお兄ちゃんくらいしか、当てはまらないような。

「う～ん、何でしょうね～」

「シャルが、見る、カクニン、するよ」

「あ、そう、ですね」

ルードティンク隊長に関しては、直接見て判断してもらうようにした。

「おとーさん、おかーさん、おねーさん、おとうと、いもうと、会うの、楽しみ！　あと、サンゾクも！」

「山賊は……もしかしたら怖いかもしれませんが」

「ん？」

「いや、何でもないです」

シャルロットと手を繋いで廊下を歩いていたら、すれ違った騎士のお兄さん達が私とシャルロットを見てびっくりしていた。

「うわっ、何でここにエルフと獣人が！　一瞬、森の奥地に紛れ込んだかと思った！」

「俺も！」

大丈夫です、ここは王都です。心の中で教えてあげる。

フォレ・エルフと狐獣人なんて、都会で見ることは難しいだろう。混乱状態になるのも無理はないが。

来た道を戻り、第二部隊の騎士舎に戻ってきた。

広場では、ザラさんとガルさんが訓練をしていた。

「わあ！」

武器と武器がぶつかる音を聞いたシャルロットは、目を丸くしている。

二人は私達が見ていることに気付いたようで、訓練を一時休止してくれた。

「お帰りなさい、メルちゃん」

「ただいま戻りました」

まず、シャルロットを紹介した。

「ガルさん、ザラさん、こちらの方が、新しく配属されたシャルロットです」

シャルロットはペコリとお辞儀をした。その横顔は、緊張しているように見えた。

「シャルロット、右側にいるのが、ガルさん。おとーさんです。左側にいるのが、ザラさん。おかーさんですよ」

そう説明すると、シャルロットの目がキラキラと輝く。

「ガルおとーさん、ザラおかーさん！」

その呼び方に、ガルさんとザラさんは首を傾《かし》げる。ここで、二人に事情を説明した。

「すみません、シャルロットが皆さんに親しみを覚えるように、家族みたいなものだと教えたのです」

「あら、そうだったの」

「急に、すみません」

「いいのよ。あの子、シャルロットも、今まで辛かったでしょうに」

ザラさんがシャルロットにふわりと微笑《ほほえ》みかけ、さっと腕を広げた。すると、シャルロットの目はパッと輝き、その胸に飛び込んだ。

「ザラおかーさん！」

「よろしくね、シャルロット」

「うん！」

良かった。私以外の隊員には人見知りするかもと思っていたが、案外前向きで懐っこい性格のようだ。

ガルさんのほうも同様に、両手を広げると、シャルロットは飛びかかるように抱きつく。

「ガルおとーさん……フカフカ」

ガルさんに頬ずりしながら、尻尾をブンブンと振っている。

シャルロットってば、羨ましい。私もガルさんに抱きついて、フカフカしたい。

続いて騎士舎の中を案内していたら、定例会議から戻ってきたベルリー副隊長がやってきた。

「リスリス衛生兵、お迎えご苦労だった」

「いえいえ。こちらが、新しい人員のシャルロットです」

「ああ、彼女だったのか」

「はい！」

奴隷市場でシャルロットを保護し、騎士隊の本部まで連れていったのはベルリー副隊長だったらしい。

シャルロットもそれを覚えていたようで、耳がピンと立ち、尻尾がふるふると振られていた。

「シャルロット、こちらはベルリー副隊長。お姉さんですよ」

「アンナおねーさん！　シャル、助けてくれた」

「みたいですね」

シャルロットは一度その場でぴょこんと跳ね、ベルリー副隊長に抱きつきに行った。

「おっと！」

ベルリー副隊長はシャルロットを受け止め、頭を撫でている。

「言葉を覚えたのだな。よく、頑張った」

「うん！」

ここで、家族設定の説明をベルリー副隊長にした。

「なるほど。そうだな、いい着想かもしれない。私は今日から、シャルロットのお姉さんになろう」

そう言って、ベルリー副隊長はシャルロットの肩をガッシリと抱いていた。

ベルリー副隊長がお姉さんとかかなり羨ましい。私のお姉さんにもなってほしい。

そんな羨望の眼差しにベルリー副隊長は気付いたからか、右手を広げてくれる。

私は喜んで、ベルリー副隊長の胸に飛び込んだ。

左側にシャルロット、右側に私を抱きしめたベルリー副隊長は、ぼそりと呟いた。

「両手に花だな」

それに、シャルロットが反応を示す。

「おハナ？」

「いいや、何でもない」

ベルリー副隊長はそう言って、私達の背中をポンポンと叩いてから離す。

このあと、ベルリー副隊長はザラさんとガルさんの訓練に合流するらしい。

「では、シャルロット、またあとで」

「うん、アンナおねーさん、またね！」

シャルロットはベルリー副隊長が見えなくなるまで、ぶんぶんと元気良く手を振っていた。

廊下を歩きながら、各部屋を案内する。

「ここは物置です」

「モノオキ？」

「いらない物を、入れる部屋ですね」

「イラナイ、モノ？」

「えっとですね……」

扉を開いて、中を説明する。ガラクタを見せたら、意味が伝わったようだ。

続いて案内したのは、休憩所だ。

「ここはお休みする場所です」

「おやすみ……眠る？」

「そのお休みではなくてですね、休憩……じゃ難しいか」

『クエクエ！　クエクエクエ！』

アメリアも乗り出してきて、シャルロットに説明している。「休憩は一日に五回あって、お昼休憩が一番長いよ！」だなんて言っている。

当然ながら、アメリアの言葉はシャルロットに伝わっていない。

「休憩所はですね～……」

これも、実際に中を見てもらったほうがいいだろう。そう思って扉を開く。

「うわっ！」

声を上げたのは、ウルガスだった。驚いた表情で、私達を振り返る。

「びっくりした！　リスリス衛生兵でしたか」

「すみません。誰もいないものとばかり」

「いえいえ、こちらこそ、すみません」

買い出しに行く準備をしていたようだ。

「もう、市場に行っているかと」

「俺もそのつもりだったのですが、隊長に雑用を押し付けられてしまって」

「そうでしたか」

ここで、シャルロットが私の背後に隠れていることに気付く。紹介をしなければ。その前に、家族設定の説明をウルガスにしておく。

「すみません、ウルガス。以前、任務で保護した狐獣人の女の子がここで働くことになったのですが」

「ああ――、あの時の！」

「そうです」

シャルロットのことは、ウルガスも覚えていたようだ。

「仲間の概念を伝えるために、家族のようなものだと教えたのです」

「なるほど。わかりやすいですね」

「それで、ウルガスはシャルロットの弟ということになりました」

「お、弟って、何でですか⁉」

「完全に弟です」

シャルロットのほうが年下だけど、どうもウルガスはお兄ちゃんという感じがしない。

ウルガスは不服そうな「ええ～」という表情でいたが、仕方がない。お兄ちゃん感がないのだから。

「シャルロット、この人はジュン・ウルガス。弟ですよ」

「ウルガス！　おとーと！」

しっかり覚えたようだ。ウルガスは雨の日に捨てられた子犬のような顔をしているけれど。そういうところが弟なのだ。

「シャルロット、ここでは、長椅子に座って、お茶を飲んだり、お菓子を食べたりするのですよ」

ここでも、身振り手振りで伝える。シャルロットは合点がいったのか、コクコクと頷いていた。

「あ、リスリス衛生兵、俺、買い出しに行ってきますね」

「はい、いってらっしゃい！」

買い出しに行くウルガスを、シャルロットは見送ってくれるようで手を振っていた。

「ジュン、いってらっしゃい！」

「まさかの呼び捨て！　いや、いいか……」

年下の女の子に名前を呼び捨てされるウルガスであったが、あっさりと受け入れていた。

それよりも、お見送りがあって嬉しかったらしい。足取り軽く出かけていった。

「よし、シャルロット、案内を再開しますよ」

「は～い！」

シャルロットとアメリアを引き連れて最後に辿り着いたのは、執務室だ。ここに、ルードティンク隊長がいる。

「ここはですね、第二遠征部隊のルードティンク隊長がお仕事をする場所です」

どういうふうにルードティンク隊長を紹介しようか。まだ、いい案は思いつかない。

「ここ、おしごと！　する？」

「ルードティンク隊長がですね」

「たいちょ？」

「あ～、えっと、サンゾクの人です」

「ああ、サンゾク！」

ルードティンク隊長の説明が難しい。こう、的確な言葉があればと探すが、山賊しか浮かばなかった。

　ここでも、アメリアが細かく説明してくれる。

『クエクエ、クエクエクエ！』

　アメリアの言葉を通訳すると「隊長はクロウ・ルードティンクという名で、伯爵家のご子息なんですよ」と。私より詳細に、ルードティンク隊長を紹介してくれた。ただし、シャルロットにはまったく伝わっていないけれど。

　扉を叩くと「入れ」という声が聞こえてきたので、中へと入った。

「ルードティンク隊長、彼女――シャルロットを連れてきました」

「おう」

　シャルロットを見たルードティンク隊長は目を見張る。想定外だったらしい。

　私の背中に隠れていたシャルロットだったが、紹介すると一歩前に出てくる。

「はじめましシテ、シャルの名前ハ、シャルロット、デス」

　おお、偉い！　怖がらないで自己紹介できた。私は頭を撫でて褒《ほ》めてあげる。

「メル、この人、サンゾク？」

「強いて言ったら」

「おい、誰が山賊だ！」

　ルードティンク隊長ったら、いきなり怒鳴りつけてシャルロットが驚いたらどうするのか。小さな体を抱きしめて、庇うような体勢を取る。

しかし、幸いなことにシャルロットは怖がっていなかった。

「メル、あの人、サンゾクだって！」

「あ、はい」

先ほどルードティンク隊長が言った山賊は、決して自己紹介ではない。

「リスリス……覚えておけよ」

ルードティンク隊長は山賊と言われてもおかしくない怖い顔で、私に凄《すご》んでいた。

とりあえず、今は山賊（仮）ということで。

掃除道具や掃除の方法などを説明していたら、研修に行っていたリーゼロッテが戻ってきた。

「あら、この子は」

「この前の任務で救出した、狐獣人のシャルロットですよ」

「そうよね。見覚えがあると思ったの」

私の後ろに隠れたシャルロットが、そっとリーゼロッテを覗き込む。

「こんにちは。わたくしは、リーゼロッテよ。姓はリヒテンベルガー」

「リーゼロッテ！」

リーゼロッテがにっこり微笑んだので、シャルロットの警戒心は一気に和らいだようだ。

「メル、リーゼロッテは、いもーと？」

「あ、まあ、はい。そうですね」

「メル、いもーとって、どういうことなの？」

「それがですね――」

リーゼロッテにも、シャルロットが馴染《なじ》めるように家族という設定にしたことを説明する。

「そういうことだったのね」

「ベルリー副隊長がお姉さんなので、リーゼロッテは妹かなと」

「わたくしが、この子の妹役を？　年上なのに？」

慌てて説明する。

「ほ、ほら！　リーゼロッテには今から妹ができるかもしれませんし、お姉さんにはなれるかもしれないでしょう？　でも、お姉さんがいないから、妹にはなれないんですよ？」

「それも……そうね」

ダメ元での説得であったが、納得したようだ。

「シャルロットお姉様、と呼べばいいのかしら？」

「まあ、その、ご自由に」

リーゼロッテはシャルロットに「シャルロットお姉様」と呼びかける。シャルロットは嬉しそうに頷いていた。

「リーゼロッテ、なに？」

「呼んだだけよ」

「そっか」

二人共、微笑み合う。これで良かったのか。

まあ……本人達が嬉しそうなので、良しとする。

隊員の紹介と騎士舎の案内が終わったので、兵糧食作りをシャルロットに手伝ってもらうことにした。

第二部隊にある簡易台所には、ウルガスが買ってきた食品が置かれている。

「シャルロット、今から、料理のお手伝いをしてもらいます」

「料理！　シャル、できる！」

「助かります」

今回使うのは――安売りされていたナッツ。これで、遠征に持っていけるお菓子を作るのだ。

まず、ナッツを砕く。

「けっこう力がいるのですが――」

乳鉢を渡したあと、大丈夫かと覗き込んだ。だが、シャルロットは表情を変えることなく、せっせとナッツを砕いていた。

さすが獣人と言うべきか。力はあるようだ。

シャルロットが細かく砕いてくれたナッツを、鍋で炒る。こうすると、風味が良くなるのだ。

「いい匂い～」

シャルロットは尻尾を振りながら、ナッツを炒る鍋を覗き込んでいる。

「シャルロット、ちょっと鍋を混ぜてもらえますか？」

身振り手振りで伝えると、快く承諾してもらえた。炒ってもらっている間、私は乾燥果物を切り刻む。

炒ったナッツをボウルに移し、乾燥果物と混ぜ合わせた。それに、麦粉を加える。

「続いて、蜂蜜《ミエレ》と蒸留酒を入れます」

蒸留酒を入れることによって、保存性が増すのだ。

材料を混ぜ合わせたあとは、一口大に取って丸める。最後に、粉末の椰子粉をまぶしたら――『ナッツ飴』の完成だ。これは一粒の中に栄養がぎゅぎゅっと詰まった、遠征にぴったりの兵糧食である。中はナッツと乾燥果物がどっしりみっちりと詰まっているので食べ応えがあるし、咀嚼《そしゃく》を何度もするのでお腹《なか》も満足する。

「シャルロット、あ～ん」

「あ～ん？」

　完成したナッツ飴を、シャルロットの口へ運んだ。

　モグモグと食べていたが、途中から琥珀色の目がキラリと輝く。ごくんと飲み込んだあと、私の手を握り、興奮したように感想を言ってくれた。

「メル、これ、甘い、木の実、たくさん！　いろいろ味して、おいし！」

「良かったです」

　私も一つ味見してみた。ザクザクとした食感も良く、ナッツの香ばしさと乾燥果物の甘酸っぱさが口の中いっぱいに広がる。素朴なおいしさがあった。

「私は毎日、こういう料理を作っています。シャルロットにも、手伝ってもらいます」

　シャルロットに手を差し出すと、すぐに握り返してくれた。それから、ニコッと微笑んでくれる。

「シャルも、がんばるよ」

「ありがとうございます」

　こうして、第二部隊にシャルロットという新しい仲間が増えた。これから、彼女のことを支えていけたらいいなと思っている。

熱帯雨林と芋料理

出勤早々、ルードティンク隊長に遠征を言い渡された。

「今からシルク地方にある熱帯雨林に向かう。急ぎだ！　リスリス、遠征の準備をしろ」

「あ、はい」

「食料は三日分だ」

「了解です」

どうやら、朝礼をしている暇もないようだ。

食糧庫に向かうと、すでにシャルロットが荷物を準備していた。

「おはようございます、シャルロット」

「メル、おはよ」

どうやら、ルードティンク隊長に遠征の準備を手伝うよう言われていたみたいだ。

「なにを、もっていくの？」

「そこにあるパン全部と、干し肉を持ってきてください」

「うん」

シャルロットは日々の努力のおかげか、聞き取りはだいぶできるようになった。

喋りはまたカタコトだけど、可愛《かわい》いので良しとする。

「アメリアの果物も準備しなくてはいけませんね。シャルロット、そこの乾燥果物の瓶を三つくださいい」

「え、アメリアも、えんせい、行くの？」

「ええ」

「まだ子ども、なのに？」

「私と離れることはできないので」

「そう……」

シャルロットはシュンとする。どうやら、アメリアと一緒にお留守番できると思っていたらしい。

アメリアは成獣のように見えるが、まだ幼獣だ。長く離れないほうがいいと、幻獣保護局局長のリヒテンベルガー侯爵やリーゼロッテが言っていたのだ。

「シャルロット、帰ったら、また一緒にお菓子を作りましょう」

そう言ったら、暗くなっていた表情も少しだけ和らぐ。

「メル、けが、しないでね。早く、もどってきて」

「わかりました。約束です」

手と手を握り、しばしのお別れをした。

「アメリアも」

『クエ～』

アメリアとは抱き合って別れたようだ。


本日の遠征先であるシルク地方は、馬車で一日半ほど進んだ場所にある。

半日ごとにルードティンク隊長、ベルリー副隊長、ガルさんで馬車の操縦を代わりながら進んだ。

食事は村に寄って食べた。捜索の長期化を見込んで、兵糧食を食べるのは任務を行う現地のみらしい。

そして、やっとのことでシルク地方に到着する。

今回の任務は、シルク地方にある熱帯雨林で行方不明になった学者を捜すというもの。

ルードティンク隊長は腕を組み、険しい顔でぼやいていた。

「どうしてこう、どいつもこいつも、人に迷惑かけるレベルで自由なことをするのか！」

シルク地方に駐屯する騎士隊が捜索をしていたらしいが、三日かけても見つからなかったようだ。

一度村で騎士から話を聞いて、問題の熱帯雨林に移動する。

村から一時間ほどの場所にある熱帯雨林は、鬱蒼《うっそう》とした木々が生い茂る場所だった。

「うわっ、ジメジメしていますね」

ウルガスがうんざりしたように言う。湿度が高いので、ただその場に立っているだけでも額に汗が浮かぶ。

アメリアがいた南の島に似ているが、向こうは太陽の光が差し込む明るい森だった。ここは、空が曇っていて、内部もどんよりと暗い。

「魔物も多いとのことだ。列を崩さず歩くように」

隊列が発表される。ルードティンク隊長が先頭で、続いてガルさん、ウルガス、アメリア、私、ザラさん、リーゼロッテ、ベルリー副隊長の順で歩く。

「かなりじっとりしているわね」

ザラさんもうんざりしていた。湿度のせいで髪が撥《は》ねるとも。地面の土は湿っていて、虫も多い。

「うわっ！」

「どうした⁉」

ウルガスが腐った枯葉で足を滑らせ、転んでいた。完全な不注意なので、ルードティンク隊長から頭を拳でぐりぐりされている。とても痛そうだ。

「イタタタタ！」

「足元注意だ、ウルガス！」

「はい、わかりました」

倒木が多く、土はぬかるんでいる。足場が悪いので、なかなか先に進めない。

「きゃあ！」

今度はリーゼロッテが悲鳴を上げた。ベルリー副隊長に抱きついて、何かを叫んでいる。

「何か、変なのが首にくっついているの！」

「これは――――！」

ベルリー副隊長に呼ばれる。覗き込んだら、リーゼロッテの首にずんぐりしたミミズみたいな何かが張り付いていた。これは、フォレ・エルフの森にもいた困ったヤツである。

「き、気持ち悪い!!　何なの!?」

「吸血虫《ヒル》です。力任せに払ってはいけません。肌に吸い付いた状態なので、無理矢理剥いだら吸血虫《ヒル》が完全に取れずに皮膚に残ったままとなるのです」

「イヤ～～！」

「リーゼロッテ、動かないでくださいね。今から、吸血虫《ヒル》を焼きます」

ベルリー副隊長がリーゼロッテをぎゅっと強く抱きしめ、動かないようにしてくれた。

まず、騎士の証《あかし》である銅の腕輪を外す。それを、マッチで点した火で炙《あぶ》った。熱した腕輪を、吸血虫《ヒル》に押し当てると、ポロリと落ちる。

地面に落ちた吸血虫《ヒル》は、ルードティンク隊長が踏んで潰してくれた。

「リーゼロッテ、もう、大丈夫ですよ」

「あ、ありがとう」

吸血虫《ヒル》が張り付いていた部分は血が滲んでいた。傷口を洗い、傷薬軟膏を塗っておく。

「何か、上から水滴が落ちてきたと思っていたの。触れたら、水じゃなくて……」

吸血虫《ヒル》は木の上から降ってきたようだ。恐ろしすぎる。

「ウルガスも気を付けてくださいね」

「ううっ、上も下も注意なんですね」

ダニのように寄生虫や病原菌を媒介することはないが、吸血虫《ヒル》は血を大量に吸うのだ。

厄介なのは、服の上からでも吸血するということ。それに、血液凝固を阻止する成分を唾液に含んでいるため、一度吸われたら血だらけになることがある。

「吸血虫《ヒル》は人の体温や呼吸に反応して、近付くそうです」

ルードティンク隊長は舌打ちし、ぼそりと呟く。

「予防しようがないじゃないか」

「そんなことはないですよ。吸血虫《ヒル》は火の他に、塩が苦手なんです」

私は鞄から水を取り出し、塩を入れて振った。この塩水を、露出している部分に塗るように配る。

「梅雨の時季は特に吸血虫《ヒル》が多くて、森に入る時に使う靴下やタオルは一度塩漬けにして持っていっていたんですよ」

「メルちゃん、すごいわ。そんな対策をしていたのね」

ザラさんは驚いている。乾燥している雪国に吸血虫《ヒル》はいないから、信じられないような話なのだろう。虫も多いので、粉末の薄荷草《ミンツェ》を少量の水で溶かして練り、首筋に塗っておくようにとみんなに手渡した。

「薄荷草《ミンツェ》には、虫を近付けさせない忌避効果と呼ばれるものがあるんです」

そのおかげで、虫除けとしての効果を発揮するのだ。

「万能ではないので、薄荷草《ミンツェ》が平気な虫もいますが、この熱帯雨林にはいないでしょう」

アメリアの爪にも、しっかり塗りこんでおく。頭には頭巾を巻いておいた。

『クエクエ～』

茶色の地味な布だったので、ちょっと不満そう。しかし、我慢してもらわなければ。

「アメリア、遠征から戻ったら、可愛いリボンを結んであげますからね」

『クエクエ！』

どうやら、これで納得してくれたようだ。

虫除けの対策は万全となったので、先へと進む。

途中、戦闘にもなった。大型の鼠《ねずみ》に、巨大百足《ムカデ》、獰猛な鳥など。

連携はピカイチな第二部隊の仲間達が、あっという間に倒してくれる。

このような戦闘が五回も続いた。なかなかの、魔物の多さだ。

ザラさんは大きな戦斧の刃を下にして地面に突き、柄の先端に顎を乗せて溜息を吐《つ》く。

「もう、嫌になっちゃうわ。メルちゃんは大丈夫？」

「平気です。ザラさんは？」

「ええ、平気よ」

戦闘中は何もできないけれど、戦闘後はお仕事がある。みんなの無事を確認し、怪我をしていたら治療するのだ。今回の戦闘も、大きな怪我はなかったようでホッとした。

それにしても、学者の先生はどこにいるのか。人が踏み込んだ気配がまったくない。

形跡でもあったら、それを元に捜すことも可能だが、三日間調査した騎士達も見つけることができなかったそうだ。

六回目の戦闘後は休憩時間だ。みんな、携帯食を食べたり、水分補給をしたりしている。

私はシャルロットと一緒に作った、ナッツ飴を配った。

「うわっ、リスリス衛生兵、これ、すっごくおいしいです！」

「ナッツの大安売りを、ウルガスが教えてくれたおかげです」

そう返すと、ウルガスはにっこりと微笑んだ。

「また、安売り情報を調べておきますね！」

「よろしくお願いいたします」

私も乾燥している草の上に腰を下ろそうとしたが、食材を発見して動きを止めてしまう。

「リスリス衛生兵、どうかしましたか？」

「葉芋《タロ》の葉を発見しました」

「へえ、これがそうなんですね」

「はい」

顔より大きな葉に、太い茎が生えている。大きな葉っぱが特徴なので、葉芋《タロ》と呼ばれているのだ。

ここの葉芋《タロ》の葉や茎は、私がフォレ・エルフの森で見かけたものより一回りくらい大きい。

もしかしたら、実となる塊茎《かいけい》も大きいかもしれない。そう思って、引き抜こうとしたが――。

「ぐぬぬ、ぐぬぬぬ！」

なかなか抜けない。

『クエクエ！』

アメリアが手伝ってくれるらしい。嘴《くちばし》に茎を挟んで引っ張ったけれど――抜けない。どれだけ強く、土の中に張り付いているのか……。

「リスリス衛生兵、俺が抜きますよ」

「お願いします」

ウルガスが葉芋《タロ》の茎を両手で掴み、力いっぱい引っ張る。

「よいっしょ、うんしょ……うう っ！」

なんと、ウルガスの腕力をしても、引っこ抜くことはできなかった。

困り果てていたらガルさんがやってきて、簡単に抜いてくれた。

「ガルさん、さすがです！」

「ひと息で抜けるなんて！」

引いた葉芋《タロ》の根には、実がたくさんついていた。これは実ではなく肥大した根みたいだけど、紛らわしいので実と呼んでいる。

近くに湧き水があったので、綺麗に泥を取った。

「リスリス、行くぞ」

「は〜い」

道なき道を進んでいるものの、人の気配はない。魔物も多いし、学者の先生は無事なのか。

「こりゃ、死体捜しになるな」

ルードティンク隊長は物騒な一言を漏らす。

さらに一時間、くまなく捜したが、それらしい形跡すらない。

「休憩だ」

うんざりした様子で、ルードティンク隊長が指示を出す。

お昼を過ぎていたので、食事にすることにした。もちろん、使うのは先ほど入手した葉芋《タロ》だ。

葉芋《タロ》の特徴は、他の芋よりも食感がねっとりとしている点だろう。煮物にしたらおいしい。

独特のぬめりがあるので、先ほど汲んでいた湧き水で洗いながら皮を剥いた。

鍋に油を引き、葉芋《タロ》を炒める。ほどほどに火が通ったら、酒と砂糖、牡蠣《オストラ》ソースを絡めて煮詰めた。これにて、『葉芋《タロ》の甘辛炒め煮』の完成である。

味が濃いので、パンに載せて食べてもおいしいだろう。

「食事の準備ができましたよ」

アメリアにも、乾燥果物を与えた。おいしそうに食べている。

みんなの顔色は良くない。この暑さで、体力を奪われているようだ。ルードティンク隊長やガルさんはそうでもないけれど、細身のザラさんやウルガスはきつそうにしている。

二人共、ぼんやりと食事を眺めるばかりで、なかなか手を伸ばそうとしない。少し、芋を大きく切りすぎてしまったからか。騎士は体が資本だ。このままでは任務に支障をきたすだろう。

食べやすくするために、葉芋《タロ》の甘辛炒め煮を乳鉢で潰し、ペースト状にしてパンに塗っ
てみた。

「ウルガス、食べやすいように潰してみました。ザラさんも」

「あ、ありがとうございます」

勧めてなおウルガスは虚ろな目をしたまま、パンに手を伸ばそうとしない。一方、ザラ
さんはパンを掴んで、笑顔でお礼を言ってくれた。

「メルちゃん、ありがとう」

「いえいえ。お口に合うかどうか、わかりませんが」

ザラさんが先に食べてくれた。

「あら、芋なのに、滑らかな舌触りで不思議ね。味付けも、甘辛くっておいしいわ」

想像していた味と違ったようだ。葉芋《タロ》は普通の芋のように見えるけれど、ホクホク感は
あまりない。柔らかくて、ほんのりと甘みがある。

ザラさんの感想を聞いたウルガスも、即座にかぶりついていた。

「リスリス衛生兵、想像以上においしかったです」

ウルガスは内心「芋か……」と思っていたようだ。

「うちって姉弟多くて、昔から芋ばかり食べていて」

「ウルガス、そうだったのですね」

「でも今は、リスリス衛生兵がおいしいものを作ってくれるので、幸せです！」

ウルガス……なんていい子なんだと、頭を撫でたくなった。


昼食が済んだら、捜索を再開する。

草木をかき分け、周囲の様子に気を配りながら一歩、一歩と進んでいった。

『クエ！』

アメリアが突然歩みを止め、地面を爪先で差している。

「アメリア、どうかしましたか？」

『クエクエ～』

「あ！」

葉芋《タロ》の葉を発見したようだ。

「すごく大きな葉ですね！　きっと、大きな芋が埋まっているに違いありません」

アメリアを偉い、偉いと撫でる。

「おい、リスリス、芋掘っている場合じゃねえぞ！」

「わかっていますよ」

可能であれば、帰りに掘って持ち帰りたい。わかりやすいよう、茎に穴を開けて、リボンを結んでおく。

「――あれ？」

しゃがみ込んだ際に、地面に白い布切れが落ちていることに気付いた。茶色くなっているのは、血だろう。

「こ、これは――！」

「リスリス、どうした？」

「ルードティンク隊長、見てください。服が破れたような布を発見しました」

そのまま手渡す。布はまだ新しい。きっと、学者先生の服の一部ではないだろうか？

『クエ、クエクエ！』

「何だ？」

「えっと、服に付着した血から魔力を感知し、魔力から学者先生を捜せるかもしれないと」

「なるほど。試してみてくれ」

服を受け取り、アメリアに近付ける。

「アメリア、どうですか？」

『クエ、クエクエ！』

魔力値は感知できたと。今度は同じ魔力を持つ人を、捜してもらう。

『クエ……クエ‼』

「そ、そうですか」

「リスリス、何かわかったのか？」

「はい。それが――」

学者先生がいるのは、上のほうだと言っている。上とは？

「アメリアを持ち上げて、魔力のあるほうに近付けたら、もっと聞こえるかもしれないですね」

一言断ってからアメリアを持ち上げようとしたが――。

「重ッ！」

体長一メトル近くとなり、体重は私以上になっているアメリアは、とても重たい。

『クエ～～』

「あ、すみません」

年頃の女の子なので、重たいというのは禁句だったようだ。

「どれ、俺が……」

『クエ！』

アメリアを持ち上げると名乗り出たルードティンク隊長に、アメリアは嘴を突き出した。

「うわっ、何だ⁉」

『クエクエ！』

ルードティンク隊長のお触りは禁止らしい。行き場をなくした手は、何とも寂しそうだった。

「え～っと、どうしましょうか」

困っていたところに、ガルさんがアメリアを持ち上げようかと名乗り出てくれた。

「アメリア、ガルさんが持ち上げますが、大丈夫ですか？」

『クエ！』

ガルさんだったら、問題ないらしい。そんなわけで、アメリアをガルさんが抱き上げる。

私より重たいであろうアメリアを、ガルさんは軽々と頭上まで持ち上げた。

アメリアは高い高いをされて、嬉しそうにしている。いや、尻尾を振っている場合ではなくて。

「アメリア、どうですか？　何か、感じますか？」

『クエ～～～クエ？』

何か聞こえたのか、羽がぶわりと膨らむ。

『クエ、クエクエ、クエ！』

「え⁉」

「おい、リスリス、何て言ったんだ？」

ルードティンク隊長が山賊顔で詰め寄ってくる。その顔怖い！　じゃなくて、大変な事実が発覚した。

「あの、ここから離れている場所で誰かが……たぶん学者先生でしょうが、魔物に襲われているそうです」

「何だと⁉」

魔力を感じる方向ということは、確実に学者先生だろう。早く助けに行かなければならない。

「どっちだ？」

「今進んでいる方向だそうです」

「わかった。急ぐぞ！」

走って現場まで向かう。

五分ほど走った先に――学者先生らしい人がいた。

「ひえええええ、やめてくれ～～‼」

それは左右の手に大きな鎌を持つ、虫のような魔物であった。頭部は逆三角形で、体は細長い。全身鮮やかな黄緑色をしている。大きさは二メトル半くらいか。かなり大きい。

「あれは大蟷螂《マント》だ」

ベルリー副隊長が教えてくれる。

学者先生は木に登って攻撃を凌《しの》いでいたが、魔物は翅《はね》を広げて飛び立とうとしていたところである。

魔物目がけて、ウルガスが矢を放つ。見事、翅を貫通。飛び立とうとしていた大蟷螂《マント》の均衡を崩すことに成功した。

くるりと、大蟷螂《マント》が振り返る。大蟷螂《マント》の狙いは、学者先生から私達のほうに変わった。

「総員、目の前の魔物を殺せ！」

ルードティンク隊長がわかりやすいけれど、きわめて物騒な指示を出す。

みんな、同時に動き出した。私とアメリアは、リーゼロッテと共に後退する。

大蟷螂《マント》は大きな鎌を振り上げる。それを受け止めるのは、ルードティンク隊長の振るう大剣だ。

「おりゃ！」

鎌と剣で力比べみたいになっていたけれど、ルードティンク隊長が勝った。大蟷螂《マント》はヨロリとよろける。

その隙に、ザラさんが戦斧で首元を斬りつける。

首は刎《は》ねられ、後方へと飛んでいった――が。

「うわっ！」

ウルガスが驚きの声を上げる。

このまま倒れるかと思っていた大蟷螂《マント》であったが、首はないのにまだ動いていた。二本の鎌で斬りつけながら、前進してくる。

「き、気持ち悪っ！」

「リスリス衛生兵、まだ油断は大敵ですよ！」

「わ、わかりました」

ウルガスは私を気にしながらも弓矢を構え、いつでも攻撃できるような状態だ。一方、リーゼロッテは杖を構え、何やら呪文をブツブツと唱えていた。

首なし大蟷螂《マント》との戦闘は続いている。

鎌の片方を、ベルリー副隊長が双剣で斬り落とした。続けて振り下ろされた鎌は、ガルさんが薙《な》ぎ払う。

「総員、退避せよ！」

ベルリー副隊長のかけ声で、大蟷螂《マント》の周囲からいなくなる。

それと同時に大蟷螂《マント》の足元に魔法陣が浮かび上がり、リーゼロッテが呪文を叫んだ。

——砲火焼灼《アブレーション》！

魔法陣より火柱が上がり、大蟷螂《マント》の体を炭と化す。大きな体は傾き、音を立てて倒れた。

「やった！」

魔法を大成功させたリーゼロッテに、惜しみない拍手をした。

「ウルガス、学者先生を助けてやれ」

「あ、は～い！」

こうして、私達は学者先生の救助に成功した。

＊

「ありがとうございました！　本当に、助かりました！」

激しい大雨の中魔物に襲われ、連れていた護衛や案内人と離れ離れとなり、このような事態となってしまったらしい。

数日間、熱帯雨林の中を彷徨《さまよ》いながら、ヘビやトカゲを捕まえて食べて飢えを凌いでいたのだとか。

「ヘビやトカゲを食べて……」

繊細なルードティンク隊長が反応を示す。ヘビは意外とおいしいと聞いたことがあるけれど、私も食べたいとは思わない。

しかし、無事で良かった。

近くにある村に行くと、調査団の人達に囲まれた。

学者先生は国内でも有数の植物研究の権威だったらしく、関係者の方々に感謝された。

任務が終わった私達は、また一日半かけて王都へと戻った。

第二部隊の騎士舎では、シャルロットが私達の帰りを待っていた。

「メル、お帰りなさい！」

「シャルロット、ただいま戻りました」

シャルロットは私のもとへ駆け寄り、ぎゅっと抱きしめてくれた。

あとから、ルードティンク隊長がやってくる。

「おう、シャルロット、いい子にしていたか？」

「うん、シャル、いい子だったよ！　サンゾクは？」

満面の笑みで聞かれたルードティンク隊長は、笑顔が引き攣《つ》っていた。代わりに、私が答えてあげる。

「あの～、その、山賊もいい子だったですよ」

「そっか！　よかった！」

……シャルロットがいない場所で、ルードティンク隊長に怒られたのは言うまでもない。

スライムあんかけ麺

朝から遠征部隊全体がバタバタしていた。ザラさんと歩きながら、「何かあったんでしょうかねえ」と呟きながら歩いていく。

正門前で偶然リーゼロッテにも会った。

「朝から忙《せわ》しないこと」

「ですね」

うちの部隊には関係ない事態でありますようにと、祈りを捧げながら朝礼へと向かう。

けれど、祈りも空しく、ルードティンク隊長より急ぎの任務が伝えられた。

「突然だが、任務が入った」

ですよね～～、と心の中で相槌を打つ。

なんでも、王都の郊外にある、食品工場で事件があったらしい。

「今から向かう先は膠《にかわ》工場だ」

膠とは動物性のたんぱく質で、ゼリーやマシュマロなどの食品を作ったり、木材などに使う接着剤、医療の湿布、化粧品の口紅を作ったりなど、利用目的は多岐に亘る。

ここで、驚きの事実が発覚する。なんと、膠工場の敷地内で、材料となる生き物を飼育していたらしい。それが脱走してしまったのだ。

使用する膠の原料となる素材を、地方から仕入れているとばかり思い込んでいたがどうやら違ったようだ。

遠征部隊は半分ほど駆り出され、回収作業を行っているとのこと。

「捕獲ではなく、回収ですか」

「ああ。スライムだからな。生きたままの捕獲は難しいだろうと」

「え、今、何て言いました？」

何か、スライムと聞こえたような気がする。

スライムとはゲル状魔物の名称だ。沼のどろどろが周囲の魔力を取り込んで魔物化したものや、魔物の死骸が新たな生体核を得て魔物化したものなど、さまざまな種類が存在する。

その姿を想像してウッとなったが、工場のスライムは異なる存在《もの》らしい。

「工場で作られているのは、綺麗な湖から作り出した人工スライムだ」

膠の原料はスライムだった。そんな、今までスライム成分入りのゼリーやマシュマロを食べていたなんて……。人工物で、自然のスライムとは違う性質らしいけれど。

「魔法研究局と魔物研究局が作り出した、奇跡の食材だ。なんでも、これのおかげで、貴族以外でも気軽にゼリーが食べられるようになったらしい」

「そうなんですね……」

国内有数の怪しい研究局は、きちんと成果を上げていたようだ。もう、怪しいだなんて言ってはいけないだろう。

「それで、今回の事件についてだが——」

なんでも、今回は工場の設備事故ではなく誰かの手によって起きた人災らしい。

騎士隊を攪乱《かくらん》する目的があるかもしれないとのこと。行動は慎重にと、注意された。

「リスリスとリヒテンベルガー、アメリアは馬車で来てくれ。他の者は馬で向かう。現地に本部があるから、そこの司令官から指示を受けろ」

ルードティンク隊長は偉い。アメリアにも指示を出してくれるなんて。最近、仲間意識が強くなっているようで、名前を省かれると怒るのだ。

「以上だ」

ルードティンク隊長の命令に、敬礼で返す。

「わかりました」

「了解」

『クエ！』

食料は各自で持つ。ビスケットと干し肉、乾燥果物。料理なんてしている余裕などないだろう。

ベルトに下げられる革袋に詰め、全員に配った。準備が整うと、訓練を行う広場に一列になって並ぶ。

「総員、任務を開始せよ！」

ベルリー副隊長の号令と共に、各自行動に移った。

シャルロットは騎士舎の外まで見送りに来てくれた。

「メル、リーゼロッテ、アメリアも、いってらっしゃい！」

『クエクエ！』

「ええ、行ってくるわ」

「シャルロットも留守番お願いしますね」

「任せて」

私はリーゼロッテ、アメリアと共に、騎士隊の馬車乗り場まで急ぐ。後方支援の隊員達はまとめて移送されるのだ。

用意されていたのは幌馬車。荷台のような台車を幌で覆っただけの物である。大人数を運ぶために用意したのだろうが、罪人を運ぶ代物に見えてならない。当然椅子などなく、そのまま座る。

「なんか、拘束された山賊とかを一気に運ぶ荷台みたい」

リーゼロッテが正直な感想を漏らしてしまった。乗り込む騎士達の表情に、悲愴感が増したような。

ぼやぼやしている場合ではない。私達も乗り込まなくては。

内部は案外広く、二十人くらい乗れるだろうか。

端の位置を陣取り、リーゼロッテに外側に座るよう勧めた。アメリアはなるべく足元に寄せて座らせる。

内部がいっぱいになると、馬車は走り始めた。

女性騎士は自分達だけのようだ。チラチラと視線を感じるけれど、アメリアが威嚇をするように『クエ！』と低い声で鳴いてくれたおかげで、注目から解放された。

出入り口に扉なんて大層な物はないので、風が吹き抜けている。冷たい風がぴゅうぴゅうと、馬車の内部に流れてきた。寒かったけれど、アメリアとリーゼロッテと体を寄せ合って暖を取った。

一時間ほどで膠工場に辿り着いた。

工場の規模はそれほど大きくない。中央街の噴水広場くらいだろうか。煉瓦建ての長屋で、少人数の作業員がせっせと膠を作っているらしい。

事件があった現場はばたついている。

「おうい、手伝ってくれ〜〜」

さっそくお声がかかる。

救援所へと運ばれてきたのは、スライムに両足を呑み込まれた騎士。透明のゲル状の物が、若い騎士の足元に纏《まと》わり付き、プルプルウゴウゴと蠢《うごめ》いていた。

「やだ……気持ち悪い……！」

心の中で思っていたことを、リーゼロッテが言ってくれた。

戸惑う私達に、近くにいた他部隊の騎士が叫ぶ。

「早くしないと、消化されてしまう。ナイフでスライムを切り裂《さ》け！」

私とリーゼロッテ、アメリアにまでバケツを手渡される。

スライムは素早く足から切り離された。

「ぐうっ！」

「あと少しの辛抱だ！」

このスライムに取り込まれると、切り離す際に痛みを伴うようだ。私の隣に立つリーゼロッテは、顔色を青くしている。

スライムは対象を呑み込んだあと、すぐさま一体化させて自らの中へと取り込んでしまう。これが恐ろしいところだろう。

騎士から切り離されたどろりとしたスライムは、バケツの中に放り込まれる。蠢く様子は気持ち悪いとしか言いようがない。

ついに私の持つバケツにも、スライムが入れられた。

「そこの衛生兵、鍋まで走れ‼」

「は、はい‼」

スライムの入ったバケツを持ち、全力疾走する。

救援所の中心には、大きな鍋があった。中はグラグラと沸いた湯で満たされている。鍋の中にスライムを放り込む。

スライムは分裂させても息絶えない。が、唯一の弱点が、熱なのだ。

沸騰するお湯の中で、スライムは完全に息絶えていた。工場の従業員っぽいおじさんが大きな網の匙《さじ》でスライムを掬《すく》う。

「うん、これは商品にしても大丈夫だな」

騎士を呑みかけたスライムを、市場に出荷するというのか。恐ろしい話である。

「騎士を喰らった膠。食べたら強くなりそうだと思うだろう？」

おじさんは親指を立て、私に同意を求めた。

「題して、騎士スライム！　大ヒット間違いなし！　どうだ？」

いや、どうだと言われても、困るんですけれど。

それから、スライムに呑み込まれた騎士達がどんどん運び込まれてきた。

その度に解体し、湯の中にぶち込む作業を繰り返す。

アメリアも、空のバケツを運ぶというお手伝いをしてくれた。

それにしても、スライムを捕獲する任務に就いている隊長達は大丈夫だろうか。心配だ。

まあ、あの人達が負けているところなんて想像もつかないけれど。

お昼時になり、工場の職員から食事提供を受ける。温かいスープとパン、果物の砂糖煮《メルメラーダ》を提供してくれた。

白濁のスープには麺が入っている。具は豆と猪豚《スース》、かな？

パンはカリッと焼かれた硬いタイプ。果物の砂糖煮《メルメラーダ》は何だろう。薄紅色で、甘酸っぱい匂いがする。

まずは麺入りスープから。スープがトロトロなのが珍しい。

ふうふうと冷ましてから一口。

あっさりめのスープで、ピリ辛風味。麺はゼリーみたいにプルプルしていて、小麦の麺ではないようだ。つるりと喉越しが良かった。温かいスープが、冷え切った体に沁み入る。

パンに果物の砂糖煮《メルメラーダ》を塗ってザクッと齧《かじ》ったら、強い酸味とほのかな甘みを感じた。種のようなプチプチとした食感が面白い。何の果物を煮詰めた物なのか。謎だ。

リーゼロッテは何かを疑っているようで、顔を顰《しか》めながら食べていた。

食べ終わったあと、食器を返しに行く。

「おいしかったかい？」

鍋をかき混ぜながら、先ほど騎士を呑んだスライムで商売しようとしていたおじさんが聞いてくる。

「はい、おいしかったです。不思議な料理でしたが、あれは？」

「うちの会社の試作品だ」

嫌な予感がした。隣でリーゼロッテも「やっぱり！」と叫ぶ。

「じゃーん、スライム麺!!」

「ぎゃあああああ！」

思わず絶叫してしまう。

「それから～、スライムの砂糖煮《メルメラーダ》！」

「嫌～～、やめて～～！」

目と口が描かれたスライムの絵と、試作品と書かれたパッケージを見せられ、リーゼロッテは悲鳴を上げる。唯一、スライムを食べていないアメリアは首を傾げていた。

＊

人工スライムの作り方。

その一、まず、精霊の加護がある湖から水を調達する。

その二、次に、スライムの素となる魔石（※成分は企業秘密）と水を混ぜ、数日放置。

その三、ゲル状になったら、拳大にカットしていき、魔法瓶（※特許取得済み）に詰める。

その四、魔法陣の上で一週間ほど熟成させれば、人工スライムの完成となる。

「――というわけで、人工スライムは、魔法瓶の中に封印されている状態だし、誰かが取り出さない限り暴れまわったりしないんだよ」

「加工の際は？」

「魔法瓶ごと茹でるので、そのまま死ぬ」

「ふうむ」

人工スライム麺を作っていたおじさんから詳しい話を聞く。なかなか興味深い話だけれど、悪用されたら恐ろしい技術である。やっぱり、魔法研究局と魔物研究局はとんでもなく怪しい機関なのだ。

それを踏まえたら、リヒテンベルガー侯爵率いる幻獣保護局は健全な集まりだと思ってしまう。彼らを突き動かすのは、幻獣への純粋な愛なのだから。

いや、その愛もたまに暴走している時があるけれど。

ちなみに、膠の作り方は――。

その一、魔法瓶に封じていた人工スライムを、瓶から取り出さずにそのまま大鍋で茹でる。

その二、魔石燃料の鉄板でジュウジュウと焼く。

その三、カリカリになったスライムを天日干しにする。

その四、加工しやすい大きさに切り、袋に詰めれば完成。

「膠はこんな感じで」

「もしかして、屋根に干しているのがそうですか？」

「ああ。一週間ほどああやって乾かすんだ」

「なるほど」

スライムの入った魔法瓶は固定されて設置されており、建物が揺れて倒れたということはありえないらしい。保管庫の出入り口もしっかり魔法で封じられている。管理者しか入ることはできないのだ。

「まあ、犯人はレート工場長だろうが」

「それはどなたですか？」

「アレキサンダー・レート。魔物研究局の魔法使いだよ。現在行方不明で、指名手配中だ」

「はあ、それはそれは」

　魔物研究局の局員兼、膠工場の工場長が今回の事件の容疑者らしい。なんでも、スライム愛が異常なお方だったとか。

「材料のスライムすべてに名前を付けていたんだ。いつか何かやらかしそうだなと思っていたが――」

「恐ろしい話ですね」

「やだ、変な人！」

　リーゼロッテは話を聞きながら、全力で引いていた。

　スライムを幻獣に置き換えれば、幻獣保護局でもありそうな事件だけれど黙っておいた。

「あ、そうそう。このスライム麺とスライムの砂糖煮《メルメラーダ》なんだが――」

　新製品のスライム麺と砂糖煮《メルメラーダ》は新しいスライム系食品として、独自に作っている物なんだとか。

「スライム麺は茹でたスライムに小麦粉を加えて練ったもので、スライムの砂糖煮《メルメラーダ》は人工スライムに果汁と砂糖を入れて煮込んだものだ。食感を楽しめるよう、チアの種も混ぜてみたがどうだろう？」

　いや、プチプチ食感でおいしかったけれど。味も甘酸っぱくていい感じ。さまざまな果汁を独自で配合した物らしい。麺も小麦麺よりツルツルしていて、食べやすかったけれども。

「こう、スライムが前面に押し出されている感じがあるので、原料を知っていると微妙な気持ちになります」

「だったら、スライム風と名付けて売ろう」

「いやいや、それも十分スライムを連想しますから！」

　まあ、商品化は自由だ。この事件で許可が下りるかはわからないけれど。

　承認する工場長も行方不明だし、原料であるスライムは逃げ出してしまったし、果たしてどうなるのか。

　従業員のおじさんと別れ、事件の経緯を手帳に纏めていたら、工場長捜索班の班長より工場内の見回りを命じられた。

　工場の前まで連行……じゃなくて連れていかれ、さっさと回ってくるようにと言われた。

「嫌だな～～。怖いな～～」

「大丈夫よ。内部にスライムは残っていないから」

「わかっていますが」

アメリアをモフモフして、心を落ち着かせる。

『クエ～』

アメリアが頑張れと言ってくれる。

「はい、大丈夫です。頑張ります」

鷹獅子《グリフォン》に応援される私。何というへたれ。

一応、騎士であるのに、情けない話だけれど。

「心配しないで。メルのことはわたくしが守るから」

金の杖を持ったリーゼロッテが、キリッとした表情で言ってくれる。頼もしい限りだ。

『クエクエ！』

アメリアも守ってくれるらしい。嬉しくて涙が出そうだ。

「行きましょう」

「はい」

工場内は魔石電灯が灯っていて、明るく照らされていた。

近年、魔法研究所による魔石開発が著しく王都での生活を豊かにしつつある。数年経てば、さらに普及するだろうと言われていた。

「魔法文化の発展は素晴らしいものですが、今回みたいな事件が起きたら困りますね」

「本当に」

　工場内は縦に長く、スライムを煮る大釜がたくさん並んでいた。これはスライムの入った魔法瓶を煮るだけでなく、瓶の煮沸《しゃふつ》消毒にも使われているらしい。

　工場内は無人で、シンと静まり返った空間が逆に不気味だと思った。

　コツコツと、足音だけが工場内に響いている。

「リーゼロッテ、何か、嫌な雰囲気しませ……ギャッ！」

「メル、どうしたの⁉」

「な、何か、ヒャア！」

　ポタリと、首筋に冷たい何かが落ちてきたのだ。それは、どろりとしていて、肌の上をぬるりと滑り――。

「こ、これ、スラ……リーゼロッテ、取ってください！」

「え、何？　スライムが落ちてきたの？」

「ですです！　なな、何か、小さい奴が、服の中に入り込んで」

　落ちてきたスライム（小）は首筋に着地し、肩のほうへ滑ると、服の中へと入っていった。

「え、どこ？」

　リーゼロッテの手が、私の服の背中に入る。

「わっ、リーゼロッテの手、冷たい」

「悪かったわね！」

びっくりした。どうやら彼女は冷え性らしい。そんなことはいいとして。

「なっ、ええっ、ヒャア！」

依然として、落下してきたスライムは、縦横無尽に私の背中を這っている。

スライム（小）は親指と人さし指を丸めたくらいの大きさだろう。背中をするすると伝い、お腹のほうへと回ってきた。

「ヒヤッ、あはははははは！　リ、リーゼロッテ、お腹、お腹のほうに、スラ！　あは、あはははっ、くすぐった……！」

「今度は前なの⁉」

リーゼロッテが私の上着を捲《めく》ったら、スライム（小）とのご対面となる。

橙《だいだい》色なスライムはぷるりと揺れ、私から離れた。大きく跳ね上がり、逃走しようとしている。

『クエ‼』

ポ〜ンと跳ね上がったスライムを、跳び上がったアメリアが跳躍して嘴で受け止める。すぐにペッと吐き出し、足で踏みつけた。

『クエエエエ‼』

アメリアは全力で踏みつけているようだったが、スライム（小）は息絶えない。なかな

か手ごわいようだ。

「アメリア、足を退《ど》かせて。わたくしが炎で焼き切るわ！」

「ダメですよ、リーゼロッテ。工場内は火気厳禁です」

「そんなことを言っている場合ではないでしょう？」

いやいや、もしも工場の設備を破壊してしまったら、大変な修理費が――などと思ったけれど、リーゼロッテの実家は大金持ちなので、問題ないかもしれない。

「ですが、工場内は魔石もたくさんありますし、魔法陣も至る所にあります。私は魔法に詳しくありませんが、もしも引火なんかしたら、私達の命も危ないです」

「……ええ、たしかにそうね。浅慮だったわ」

炎を撃ち出さんばかりの杖を引っ込めながら、リーゼロッテは答える。どうやら、落ち着いてくれたようだ。彼女はカッと頭に血が上ったら視野が狭くなる。注意したほうがいい。

『クエ～クエ～』

スライム（小）と格闘しているアメリアが「こいつ、しぶといんですけれど～」と報告してくる。外でお湯をもらって、と対策を考えていたが、スライムを踏みつけているアメリアの足はブルブルと震え、限界がきているようだった。

「ああ、アメリア。すみません」

何か、代わりに押し付けるものがあればと周囲を見渡していたら、スライムを封じる魔法瓶を発見した。

急いで手に取り、蓋を開ける。

「リーゼロッテ、その杖でスライム（小）を突いて、この魔法瓶に入れてください」

「わ、わかったわ」

勝負は一度だけ。

アメリアが足を退かした瞬間に、リーゼロッテがスライム（小）を突き、私が持つ魔法瓶に追いやる。作戦を皆にしっかりと伝えた。

「では、行きますよ！」

『クエ！』

「了解！」

息を合わせて——作戦開始。

アメリアが足を浮かせた。リーゼロッテは杖の先端でスライムをザクッと刺して、瓶のほうへと押しやる。

プルプルと震えながら、スライム（小）は魔法瓶に入っていく。

全部入ったら、急いで蓋を閉じる。封印の魔法陣だろうか、蓋に描かれた円がほのかに光った。

スライム（小）捕獲は無事、完了となった。

ひとますホッとしたところだったけれど、不審者を一名発見してしまう。

何やら叫びながら、こちらへと接近してきた。

「スラちゃ〜ん、僕のスラちゃ〜ん」

ふらふらと彷徨うようにして歩いているのは、白衣を着た四十代くらいのおじさんだ。

こちらを一瞥《いちべつ》もせずに、何かを捜している。

もはや、嫌な予感しかしない。

怪しいおじさんを見た瞬間、三つの選択肢が頭の中に思い浮かぶ。

その一、ど突《つ》く。

その二、ど突く。

その三、ど突く。

話し合いなど無駄だろう。スライムを「スラちゃん」と呼び、こちらに気付くことなく徘徊するなんて、正気の沙汰とは思えない。

あのおじさんは魔物研究局の局員兼膠工場の工場長である、アレキサンダー・レートに間違いないだろう。確信している。

「リーゼロッテ、どうします？」

「杖で叩いて、昏睡状態にできるかしら？」

どうやら、リーゼロッテも同じことを考えていたらしい。

得物は、どうしようか。この、スライムの入った魔法瓶でいいだろうか。力加減がわからないのが難点だ。とりあえず、死なない程度に頑張ろう。

リーゼロッテと目と目を合わせ、作戦を始めようとしていたが――。

『クエクエ！』

ここでアメリアより「正気になってくださいよ！」と指摘《ツッコミ》を受ける。

『クエクエクエ～！』

さらに、「暴力沙汰になれば、報告書を死ぬほど書かなきゃいけなくなりますよ！」と諭された。

そうだった。毎回、任務のあとは報告書を書く義務があるけれど、少しでも暴力的な行為を働けばその行為が正当か不当か関係なく、文書にして提出をしなければならないのだ。

毎回、ルードティンク隊長やベルリー副隊長はうんうんと唸りながら書いている。

「どうしましょうか……？」

できれば、平和的に解決をしたい――と、ここで、レート工場長は私達の存在に気付いた。

手に持っていた魔法瓶入りのスライム（小）は、さっと背後に隠す。

「おや、君達は？」

どうしようか迷う。精神状態によっては、騎士だと名乗らないほうがいいと思った。

白髪の交じった髪に、無精ひげ、曇った眼鏡によれよれになった白衣。騎士隊でもよくすれ違う、研究熱心だけど見た目などを気にしていない、どこにでもいる研究員といった感じ。

だが、こいつは工場のスライムを解放し、野に放った。目的も不明だ。きっと、ヤバい奴に違いない。

とりあえず、騎士であることは名乗らないことにした。

「私達は、通りすがりの一般市民です」

「ああ、見学か。すまないねえ、工場が稼働していなくて。でも、ここはじきに閉鎖されるよ」

「それは、なぜ？」

「ここにいるスライムを解放したからさ」

やはり、こいつがアレキサンダー・レートのようだ。

食用に作ったスライムを野に放つなんて、とんでもないことだ。なぜ、こんなことをしたのか。

「不思議そうな顔をしているね。かつて、僕はスライムを食べたいほど愛していた。そこで思いついた研究が、人工スライムの食用化だった。でも、ある日思ったんだ。これは、真実の愛ではないと――」

　スライムを食べたいほど愛していたとは、まったく理解できない。

　レート工場長の視線が、足元にいるアメリアへと移る。

「そこにいるのは、鷹獅子《グリフォン》ではないか。幻獣保護局の変態局長のリヒテンベルガーが見たら、小躍りしそうだね」

　スライムの変態が、他人を変態と呼ぶ不思議。

　そもそも、変態は優劣つけるべきではないだろう。みんな同じ、変態というくくりだ。

　そのスライムの変態の発言に、憤《いきどお》る者が一名。リーゼロッテだ。当たり前だろう。父親であるリヒテンベルガー侯爵を変態だと言われたのだから。

「やっぱり、あの人を燃やす!!」

「リ、リーゼロッテ、落ち着いてください！　変態の言うことなので！　それにここは火気厳禁ですよ！」

「だったら杖で、眼鏡が割れるまで叩くわ！」

『ク、クエク工～～！』

　アメリアも、「物損を出しても、報告書が分厚くなるだけですよ！」と注意している。

　きっと口にしないだけで、リーゼロッテは父親のことが大好きなのだろう。侮蔑《ぶじょく》されて、許せないようだった。

私達の必死の訴えが通じたからか、リーゼロッテは荒ぶりを抑えてくれた。

「それにしても、スラちゃんどこ行ったんだろう。追いかけっこも飽きちゃったよ～」

おそらく、スライムの変態が捜しているのは、私が持っているスライム（小）だろう。

ふと、いい作戦を思いついた。

リーゼロッテとアメリアを近くに引き寄せ、こそこそと伝えた。

「名案ね」

『クエ～』

同意をもらえたので、さっそく実行に移した。

「すみません、スライムの変態……じゃなくて、レート工場長」

「……あれ、僕名乗ったっけ？」

「すみません、黙っていましたが」

ここで、袖に隠していた騎士の証である腕輪を示した。

「私はエノク第二遠征部隊、第三衛生兵、メル・リスリスです」

「同じく、第一魔法兵のリーゼロッテ・リヒテンベルガー」

目を見開くレート工場長。

いや、騎士隊の指定外套を着ていたので、見た目で気付いてもおかしくなかったんだけどね。

リーゼロッテの家名を聞いて「やばい」と思った可能性もあるけれど。

「騎士隊ってことは、僕を捕まえに来たんだね」

「そうです。あなたは、悪行は自覚できていますか？」

「まあ、一応ね」

良かった。善悪の違いはわかっているようだ。

「なぜ、このようなことを？」

「瓶に詰められたスライムを見て、可哀想になってしまってね、つい……」

何じゃそりゃ、と言いたくなる。

「だから、みんなを連れて、森の奥地で暮らそうと思ったんだけど、散り散りになってしまって」

「……でしょうね」

綺麗な食用スライムだと言っていたけれど、魔法瓶から出てしまえば普通のスライムと変わらない。人の持つ魔力を狙い、襲ってきたのだ。

「レート工場長、私達と一緒に、ついてきてくれますか？」

「それは、どういう意味だい？」

「薄暗い部屋で、冷たくて薄いスープと硬いパンを食べる生活を送ってもらいます」

経験者たる私は語る。薄いスープと硬いパンも、慣れたらそれなりに食べることができますよ、と。

さくっと拘束させてくれと願ったが、レート工場長は首を横に振る。

「まだ、大切なスラちゃんが見つかっていない。再会するまで、僕はここを離れることができない」

思わずチッと舌打ちしてしまった。私は切り札である、スライム（小）を取り出す。

「スラちゃんとはこちらで？」

背後に隠していた、スライム（小）入りの魔法瓶を見せる。

「ス、スラちゃ～～ん!!」

やっぱり、これがスラちゃんだったらしい。

私はスライム（小）ことスラちゃんを、アメリアの嘴の先へ持っていく。

瓶の中のスラちゃんは、ガクブルと震えていた。

「何かおかしな行動を取れば、この最強の鷹獅子《グリフォン》が、スラちゃんごと嘴で貫きます」

「スラちゃ～～ん!!」

空気を読んだアメリアは、目付きを鋭くし、羽をバザァッと広げると、『クエエエエエ！』と低い声で鳴いた。私の脅しを受けて、レート工場長はわなわなと震えている。

「ゆっくりと、床に手足を突いてください」

「わかっ……た」

レート工場長は大人しく従う。

リーゼロッテが縄で拘束した。左右の手首をしっかりと縛り、御用となる。

「キリキリ歩いてください」

「ううっ……」

案外従順なレート工場長を、工場の外に連行する。変な行動をされたらたまらないので、リーゼロッテの杖の先に炎の玉を作ってもらい、脅すようにレート工場長の傍に突き出してもらっていた。

「あ、熱い！　焼ける！」

「いいから、歩く！」

連行というものを、生まれて初めてした。もう二度と、したくないと思う。

現場を取り仕切る第七遠征部隊の隊長に、レート工場長を引き渡した。

部隊名と階級を聞かれたので、しっかりと答えておく。捕獲したスラちゃんも証拠品として提出した。

工場内でアレコレしている間に、太陽が傾きかけていた。

森の方角を見たら、見知った姿が。第二部隊の面々である。

「あ、みんな、帰ってきたんだ」

「みたいね」

『クエ～』

なぜか、ルードティンク隊長はガルさんの槍を持っている。先に突き刺さっているのは
――なんと、巨大なスライムだ。

どうやら、第二部隊の皆は巨大スライムと戦っていたみたい。

みんな、泥だらけだ。きっと、苦戦を強いられたのだろう。

ルードティンク隊長は槍に刺さった巨大スライムを軽々と担ぎ、大鍋のほうへと持っていく。

「おらっ、くたばりやがれ！」

ルードティンク隊長は凶悪な山賊顔で、スライムを大鍋の中へ落とした。

巨大スライムはぐらぐらと煮込まれる。

鍋から逃げないように、ルードティンク隊長は槍でぐいぐいと熱湯の中のスライムを押さえつけていた。

「この、しぶとい奴め！」

騎士とは思えない凶悪な表情で、スライムを突く。

数分後、スライムは鍋の中で息絶えたのか、動かなくなった。

「ふん。てこずらせやがって」

やっていることは騎士の任務なのに、どうしてだろうか、顔付きと言動で、ルードティンク隊長のほうが悪人側に見える。

計量を担当していた工場の研究員が、すべてのスライムの討伐が完了したことを告げた。

私もルードティンク隊長にこれまでの経緯を説明する。

「お疲れ様です、ルードティンク隊長」

「おう」

「先ほど、容疑者を確保しました」

「お前がか？」

「リーゼロッテと一緒にです」

小さなスライムが落ちてきたこと。その後、魔法瓶を使ってスライム（小）を捕獲したこと。それから、彷徨うスライムマニアな変態、アレキサンダー・レートに遭遇したこと。

最後に、スライム（小）を人質ならぬ、スラ質にして脅し、拘束したことを報告した。

「なるほどな。よくやった。しかし、おかしな話だな」

「はい？」

ルードティンク隊長はザラさんを指差す。なぜか、一番泥だらけだった。

「あのように、スライムは魔力のある者を狙う。ここにいた隊員の中で一番の魔力持ちはザラだ。だから、スライムはザラに積極的に襲いかかってきた」

なるほど。だから、ザラさんはひどく泥だらけだったと。スライムの魔力への執着は執拗らしい。

「それを踏まえれば、スライムがリスリスを狙ったのはおかしな話だなと」

うげ。そういうことになるのか。

確かに、魔法使いであるリーゼロッテに落ちてこなかったのは、不審な点だろう。

私の魔力については、秘密にするようにザラさんから言われていた。ルードティンク隊長にも報告はしていない。

脳筋……いいや、山賊のくせに、鋭い。

額に汗をかいていたら、ザラさんが助け船を出してくれた。

「ルードティンク隊長、スライムは上から落ちてきた、と言っていたでしょう？　きっと、うっかり落ちてしまったのよ」

「ああ、そうか。レート工場長に追われていたのならば、そういう可能性もある」

どうやら納得してくれたようだ。ひとまずホッとする。

「メルちゃん、おかしなことをされなかった？」

「平気です。怪我も何もありません」

レート工場長はおかしな人だったけれど、礼儀正しい態度を貫いていた。きっと、選りすぐりの変態の中でも、紳士だったのだ。

ザラさんはリーゼロッテのほうを向き、話しかける。

「リーゼロッテは、大丈夫だった？」

「ええ、なんてことなくってよ」

「そう、良かったわ」

ザラさんはリーゼロッテににっこりと微笑みかけている。

出会った当初、ギスギスしていた二人だったけれど、打ち解けたようだ。ホッとした。

これにて任務完了。

任務に参加した騎士達は一ヶ所に集められ、遠征部隊の総隊長より労《ねぎら》いのお言葉を受ける。

今回、容疑者逮捕と大型スライムを捕獲した第二部隊には、功労勲章が贈られるだろうという発表があったらしい。もしや、金一封ももらえるとか？

引っ越し先で、アメリアと一緒に眠れる大きな寝台が欲しい。家族にも、お菓子か何か送ってあげたい。贅沢が許されるのであれば、可愛いリボンが欲しい。夢が膨らむ。

話が終わり、これで帰れると思いきや――先ほどせっせとスライム料理を作っていたおじさんが前に出てきた。

「奮闘してくださった皆さんのために、炊き出しを行いました。全員分あるので、是非とも食べて帰ってください!!」

用意されたのは、スライムあんかけ麺。

いや、だから、そのスライムを前面に押し出したメニューはやめろと。

ウッとなったのは、私だけではなかった。スライム討伐をしていた騎士のほとんどが、おじさんの料理を前に、顔色を悪くしていた。

ルードティンク隊長はどうだろうと見てみれば――。

「せっかくだから、いただいて帰ろう」

さすが、鋼の胃を持つ高貴な山賊。一日中スライムと戦っていたというのに、まったく平気な精神の強さ。

私も見習いたいと思う――と、思ったが。

「はあ、材料はさっき倒したスライムだと⁉」

どうやら、材料が討伐したてのスライムだと知らなかったようだ。しかし、突き返すのも悪いと思ったのか、そのまま座って大人しく食べ始める。私にも、もれなくスライム麺が差し出された。

「衛生兵様は、大活躍だったから大盛りだよ」

「わあ……」

大盛りスライムあんかけ麺とか、あんまり嬉しくな～い。

が、私も、観念していただくことにする。食前の祈りを捧げて、いただきます。

フォークに麺とあんを絡めて食べる。

「んん⁉」

問題のスライムあんかけ麺は、野菜がたっぷりで、カリカリに焼かれた猪豚《スース》も入っており、あんは麺とよく絡む。

「あ、意外とおいしい！」

「八割スライムだが、うまいだろう？」

工場のおじさんが話しかけてくる。

「八割……？」

よくよく確認してみたら、麺もスライムだった。

おいしいけれど、スライムとの戦いを思い出して切なくなる。

「ほら、どんどん食いな！」

「わあ……ありがとう、ございます」

私は遠い目をしながら、スライム料理を完食した。

笑ってはいけない猫耳パン屋

前回のスライム事件で活躍した第二遠征部隊は、『功労一ツ星勲章』を授けられた。

これは騎士の制服に装着する肩章だ。金のモール紐に一つ星が付いている。今まで無地の肩章だったので、なかなかかっこよくなったのではと思っている。

そうそう。驚いたことに、勲章はアメリアの分もきちんとあった。

革ベルトに、銀の一ツ星が刺繍された物。腕輪になっていて、付けてあげたら喜んでいた。

あとで話を聞いたら、ルードティンク隊長が上に話をしてくれていたらしい。顔が怖いとか、悪人顔に見えるとか、心の中で考えていてごめんなさいと謝罪した瞬間である。

朝礼中、ルードティンク隊長に尊敬の眼差しを向けていたら、急にぎょっとして執務机の上にある書類を漁り始めていた。

「ルードティンク隊長、どうかしたんですか～？」

ウルガスが聞いたら、ルードティンク隊長は一枚の紙を書類の山からはらりと発掘してきた。

何だろうと覗いてみると、そこには『騎士隊主催・慈善バザー』とあった。市民と騎士の交流を主な目的とし、売り上げは全額孤児院などに寄付されるそうな。

日付を見て瞠目《どうもく》する。開催日は——明日だと⁉

ウルガスも気付いたようで、おろおろとした様子で尋ねる。

「うわあ、ルードティンク隊長、これ、もしかして？」

「ああ、うちの隊も出店しなければならない」

ええ～～、そんな無茶振りな。とは言っても、八ヶ月前から通達は届いていたらしい。

「書類もらったあと、急な任務が入ったから仕方がないだろう」

つまり、遠征から帰ってきたら、すっかり忘れていたと。

毎年ある催《もよお》しだが、出店するのはいろんな部隊に順番で回ってきていたらしい。今年は第二部隊の番だったようだ。

「それで、ルードティンク隊長、どうする？」

ルードティンク隊長はベルリー副隊長に、厳しい声色で問い詰められる。ぐぬぬと苦悶の声を漏らす。

ザラさんがルードティンク隊長の手から企画書をひらりと抜き取った。

「あら、これ、売る商品は手作り、しかも、部隊の余った予算でと書いてあるわ」

「何だと⁉　前回はそんなこと――」

「天下のエノク王国騎士隊もかつかつなのね」

ルードティンク隊長は想定外の出費に歯を食いしばり、執務机をドン！　と叩く。

「クソ‼」

八ヶ月前の通達は早すぎると思っていたら、予算を調整して参加せよという理由があったようだ。

ガルさんが部隊の帳簿を執務机の上に出す。頁《ページ》を捲ると、ぎゅっと寄せられるルードティンク隊長の眉間の皺《しわ》。どうやら、予算に余裕はないらしい。

「予算がギリギリなのはいつものことだが、何だ……この、修繕費の高さは？」

ガルさんが詳細を語る。修繕費は先日ルードティンク隊長が壊した、扉の修理代だった。

鍵がかかっている部屋なのに、気付かずに取っ手を捻って体当たりしたら、扉の蝶番《ちょうつがい》を破壊。木製の戸にもヒビが入り、歪んで使えなくなってしまったのだ。

隊員達からの冷ややかな視線を受け、ルードティンク隊長はたじろぐ。

「その、なんだ、すまんかった……」

ここでザラさんが提案をする。材料費がかからない出し物をすればいいと。

「出し物とは？」

「例えば、楽器の演奏をするとか？」

ルードティンク隊長が唸るような低い声で、音楽の嗜《たしな》みがある者はいるかと尋ねる。

シンと静まり返る室内。

リーゼロッテは何かできそうな気がしていたけれど、残念ながら興味がなかったらしい。

「何だよ、俺だけかよ」

なんと、ルードティンク隊長は楽器の演奏ができると。

ダメだ。演奏をしている姿がまったく似合わない。どうやら貴族のご子息は、幼少期に結構な割合で楽器の演奏を習うらしい。優雅な嗜みだ。

「じゃあ、明日はルードティンク隊長の単独演奏会で決まりね」

問題は解決。良かった良かったと話していたが、ルードティンク隊長は「良くない！」と叫ぶ。

「楽器なんぞ、十年以上もまともに触っていないから、悲惨なものになる」

でも、頑張って弾いていたら、優しい人が小銭を入れてくれるかもしれない。

第二部隊の皆も遠くから、生温かい目で見守ることを約束した。

「お前ら……何て酷《ひど》いことを……」

ルードティンク隊長をいじめるのはこれくらいにして、真面目に考える。

「簡単に作れるものと言えば、ビスケットとかだけど、女子寮の前、朝からすっごい甘い香りがしていたのよね」

「ああ、そうでしたね」

きっと、女性騎士達がバザーのためにビスケットを焼いているのだろう。

女性陣が売るビスケットと、ルードティンク隊長が売るビスケット。買うならば、前者だ。見かねたリーゼロッテが、ある提案をする。

「でしたら、侯爵家《うち》の菓子職人に何か作らせる？」

「いや、あまりにも見栄えのいいお菓子を出したら、ズルをしたとバレるだろうが」

「それもそうだけど」

そういえばと思い出す。そろそろ、兵糧食の入れ替えをしなければならないと。

そこで、思いついたことを提案してみた。

「あの、保存期間の期限が迫った果物の砂糖煮《メルメラーダ》や燻製とかを、パンに練り込んだ物を売ったらどうでしょう？」

まだ十分食べられるし、味がおかしくなっているわけじゃない。あらかじめ、保存期間は短めに決めているのだ。

「パンか……」

「はい。騎士が遠征先で食べている物を使うという、目新しさはあるかなと」

「わかった。それにしよう」

出品する食べ物が決まったら、各々作業が振り分けられる。

私とザラさん、ウルガス、ベルリー副隊長はパン作り。応援係にアメリア。

ガルさんとリーゼロッテ、シャルロットはお店の看板作り。

ルードティンク隊長は今から会議に行かなければならないらしい。

「うわっ、ルードティンク隊長、何も作業しないなんて、酷いです」

ウルガスが非難の言葉と視線を向ける。

「仕方がないだろ、仕事なんだから」

「仕事と慈善バザー、どっちが大事なんですか？」

「仕事に決まってんだろ！」

ウルガスが私達を振り返り、「聞きましたか？」と視線で訴える。

「大丈夫よ、ウルガス、隊長には大仕事が残っているから」

ザラさんがウルガスの頭を撫でつつ、諭すように言う。

「おい、ザラ。何だ、俺の大仕事って？」

「店番よ」

「なっ⁉」

「ルードティンク隊長が店番をすることに関して、賛成の人は手を挙げて」

もれなく全員、手を挙げた。満場一致で、当日に店番をしてもらおうという話になった。

ここで店の名前はどうするかという話になった。ふと、頭に浮かんだ店名を挙げてみる。

「……山賊工房とか」

「何でだよ！」

ルードティンク隊長によって即座に却下された。山賊が売る山賊料理。ぴったりだと思ったけれど。リーゼロッテも提案する。

「だったら、鷹獅子《グリフォン》堂とか？」

「幻獣保護局が殺到しそうだから却下だ！」

「ルードティンク隊長ったら、わがままね」

リーゼロッテは憤る。その怒りから逃れるように、ルードティンク隊長はウルガスに話しかけた。

「おい、ウルガス。お前は何か思いつかないのか？」

「う～ん、山賊、いやいや……う～ん、山賊」

「山賊から離れろ！」

ウルガスの頭の中も山賊でいっぱいになっていた。これではいっこうに決まらない。

最後に、困った時のガルさん頼みとなった。何か考えているのか、尻尾をパタパタと左右に振っている。

数十秒後、サラサラと紙に書かれたものをルードティンク隊長は即座に採用した。

――エノク第二部隊の遠征ごはん。

「遠征ごはんですか。いいですね！」

店で出す商品は、普段私達が遠征先で食べている兵糧食で作るパンなのでぴったりだ。

「ルードティンク隊長、ガルさんの考えた店名、いいと思いません？」

「一番マシだな。よし、これにしよう」

そんなわけで、店名はガルさんの考えた『エノク第二部隊の遠征ごはん』に決まった。


散り散りとなって、作業を開始する。私とザラさん、アメリア、ウルガス、ベルリー副隊長はパン作り担当だ。さっそく調理に取りかかろうとしたが――皆、考えることは同じのようだ。どこの厨房のかまどや調理台も使用中である。窓から厨房を覗き込んだベルリー副隊長は、私達を振り返って首を横に振る。

「来るのが遅かったみたいだな」

「そうですね」

明日の慈善バザーに備えて、さまざまな物が作られている。

普段、料理をしないであろう、騎士のおじさんやお兄さん達がエプロンをかけて料理をする姿は滅多に見ることができない光景だろう。

そんなわけで、私達パン製作班は移動する。向かう先は、ルードティンク隊長の家。大きなかまどがあるので、借りることにした。

もしも、厨房が満員だった場合は、使っていいと言われていたのだ。

徒歩でルードティンク隊長の家まで移動する。

お久しぶりなルードティンク隊長の元乳母さんのマリアさんに、庭師のトニーさんは、突然やってきた私達を温かく迎えてくれた。もう一人、使用人が増えていた。背が高くて若い男性だ。ルードティンク隊長の婚約者であるメリーナさんのご意見のもと、新しく採用したのだとか。

マリアさんはにこにこ微笑みながら、私達に話しかけてくれる。

「あら、今日は可愛い子がいるわ」

『クエ！』

アメリアは可愛いと言われ、満更でもない様子でいた。怖がられなくて、良かった。

「温かい牛乳でも飲む？」

「あ、この子、果物しか食べなくって」

「だったら、採れたての蜜柑《キトルス》があるわ」

ルードティンク隊長の家の庭で作っている蜜柑《キトルス》をもらい、アメリアは上機嫌となった。

「アメリア、おいしいですか？」

『クエ〜』

「良かったですね」

何だか微笑ましい気分になる――と、蜜柑《キトルス》を食べているアメリアを見てほのぼのしている場合ではない。

「気合いを入れて、パンを作らなければならないですね！」

「よろしかったら、お手伝いしましょうか？」

なんと、マリアさんからありがたい申し出があった。

「わあ、ありがとうございます」

そんなわけで、私とザラさん、ウルガス、ベルリー副隊長にマリアさんを加えてパン作りを始める。

天然酵母は発酵に時間がかかるので、普通の酵母を使った。

材料を量り、生地を捏《こ》ねる。

一次発酵、二次発酵の間はルードティンク隊長の家のお掃除を皆で行った。

生地が仕上がったら、平らに伸ばす。それから、余っていた果物の砂糖煮《メルメラーダ》や炒った木の実、猪豚《スース》の燻製などを種類別に載せ、くるくると包むように生地を巻く。

具を巻いた生地は輪切りにして、鉄板に並べて二十分ほど焼けば完成。

次々と焼き上がるパン。香ばしい匂いが家の中に漂う。

「う～、おいしそうですね！」

ウルガスの目はキラキラと輝く。

「本当！　メルちゃんのおかげで、おいしそうに焼けたわ」

「リスリス衛生兵、ご苦労だった」

ザラさん、ベルリー副隊長と続けて褒めてくれるので、照れてしまう。

「いえいえ、皆さんの頑張りのおかげですよ」

「ふふ。メルさんは、謙虚ですね」

マリアさんまで……。

「えっと、あ、そうだ！　味見をしましょう」

「念のためにね」

ザラさんが片目を瞑《つぶ》って言う。

「そうです。もしかしたら、失敗をしているかもしれないので」

まず、果物の砂糖煮《メルメラーダ》のパンから。

ウルガスは口いっぱいに頬張っている。そんなにお腹が空いていたのか。

「リスリス衛生兵、これ、おいしいです！　森林檎《メーラ》のシャキシャキした食感がたまりません！」

「そうだな、これならば、小さい子どもも好きだろう」

ウルガスとベルリー副隊長より太鼓判を押してもらう。

次に、炒った木の実入りのパン。生地はフワフワでおいしいけれど、ガリッとした木の実の食感がちょっと気になる。

「う〜ん、この木の実、ちょっと硬いですね」

「大丈夫ですよ、顎の運動になります」

バリンボリンと音を立てながら食べる。ウルガスはおいしいと言っていた。

最後に、角切りのチーズと猪豚《スース》の燻製が入ったパンを食べる。

「これは間違いなくおいしいです」

「そうね。一番の売れ筋になりそうだわ」

ザラさんも絶賛してくれる。多めに作っておいて正解だっただろう。マリアさんもおいしいと言ってくれてひと安心。

この三種類のパンを持って、私達は慈善バザーに挑む。

果たして、ルードティンク隊長の強面《こわもて》接客でパンは売れるのか。

ドキドキである。

＊

パン作りから戻ったら、立派な看板が完成していた。ガルさん、リーゼロッテ、シャルロットの仕事だった。アメリアの精悍な顔が彫られた、『エノク第二部隊の遠征ごはん』

屋さんの立て看板だ。

「うわ、すごい！　いい看板ですね」

「でしょう?」

リーゼロッテが自慢げに語る。店名だけだと味気ないので、鷹獅子《グリフォン》の顔を彫る着想《アイデア》を出したらしい。

「あの人、大きな体なのに、手先が器用なのね」

「そうなんですよ。ガルさんはたまに料理の下ごしらえとか、手伝ってくれるんです」

きっとガルさんなら、素敵な看板を作ってくれると信じていた。

「メル、シャルね、アメリアの嘴を彫ったよ」

「ええ、お上手ですね」

褒めたら、シャルロットは嬉しそうにはにかんだ。

それにしても、ちょっと心配していたけれどガルさんとリーゼロッテ、シャルロットは仲良く作業ができたようだ。

ルードティンク隊長は相性をわかっていて、この三人を組ませたのだろうか。

「あと、色塗りもしたの」

よくよく見れば、リーゼロッテの手先には絵具が付着していた。きっと、洗っても取れない塗料を使ったのだろう。貴族令嬢の手先が絵具塗《まみ》れなんて……。お父さんことリヒテンベルガー侯爵に怒られやしないか心配だ。

「そういえば、親子喧嘩をしていると言っていましたが、リーゼロッテは今どこに住んでいるのですか？」

リーゼロッテとリヒテンベルガー侯爵様は現在、幻獣保護活動についての方向性の違いで大喧嘩中。家を飛び出してきたと言っていた。

「騎士隊へは実家から通っているわ」

「え⁉」

まさかの、家庭内別居的な感じだった。てっきり別の場所に住んでいるのかとばかり。

「でも、お父様とは喧嘩以来、一度も話をしていないの」

「それはそれは……」

一緒に暮らしているのならば、早く仲直りをしたほうがいい。そう勧めたものの、リヒテンベルガー侯爵は忙しく、ほとんど家にいないのだとか。

まあ、あの頑固なリヒテンベルガー侯爵との和解なんぞ、難しいような気もするけれど。

何はともあれ、慈善バザーの準備は整った。唯一の懸念はルードティンク隊長の接客だろう。

当日の服装は騎士隊の制服と決まっているが、エプロンくらいは許されているようだ。

ううむ。ルードティンク隊長が店番とか、子どもとか怖がりそうだな。何か、おかしみのある恰好とかできたらいいのに。

いや、エプロンをかけたルードティンク隊長だけでも、かなり面白いことになりそうだけれど。

＊

慈善バザー当日。見事な晴天が広がっていた。人混みが苦手なシャルロットはお留守番である。

「メル、いってらっしゃい！」

「行ってきます」

手を振って、別れる。徒歩で会場まで移動した。

会場となる噴水広場はワイワイガヤガヤと、準備をする騎士達の姿で賑わっていた。

全部で五十店舗くらいだろうか。そこまで大きな催しではないけれど、手作り感があっていいと思う。

私達は用意されていた商品台へと向かい、日除けの天幕を張る。ザラさんが家から持ってきた織物を敷き、その上に商品であるパンの入った籠を並べた。

店の前にガルさん特製の立て看板を設置。店の奥には、看板娘のアメリアが顔を出す。

「なかなかいい感じにまとまりましたね」

「ええ。問題はルードティンク隊長だけど」

ザラさんと共に、ちらりとルードティンク隊長を見る。眉間に深い皺を寄せた上に腕を組み、門番をするような厳つい顔で立っていた。

「あれ、完全に一見さんお断りの、頑固親父の店ですよね」

「そうとしか見えないわ」

見かねたザラさんが、ルードティンク隊長に接客のアレコレを教えに行く。

「ルードティンク隊長、まずはにこっとしながらお客様を出迎えて――」

私に笑みを浮かべるよう指示されたルードティンク隊長だったが、浮かべた笑みは「にこっ！」ではなく、「ニヤリ……」だった。

たとえるならば、戦闘に喜びを見出す血濡れの狂戦士が振り返ったかのような、恐ろしい表情。どうしてそうなる。そんなとんでもない笑顔に待ったをかけたのは、ザラさんだ。

「ダメ。ぜんぜんダメ！　その笑顔じゃ、子どもが泣いちゃう」

「そんなこと言ったって、どうやって笑えばいいんだよ」

「私が見本を見せるから！」

ザラさんは怒りの形相から一変して、柔らかな笑みを浮かべ「いらっしゃいませ」と言う。

さすがザラさん。百点満点だと思った。

「こうよ」

指導され、ルードティンク隊長は笑みを浮かべる。しかし、またしても悪事の成功を耳にしたような山賊味溢れる表情であった。ゼロ点の笑顔である。最悪だ。

「それじゃダメよ！」

「やっぱり俺には無理だ。お前が接客をしろ」

「隊長がするから意味があるの！」

笑顔はダメ、接客態度もなっておらず、やる気もない。ダメダメだ。パンはこんなにもおいしく焼けたのに。何だか切なくなる。

『クエクエ～～……』

看板娘をしようと、やる気と共にやってきていたアメリアも、嘆息を吐きながら、「こいつ、ダメでっせ。絶望的なまでに、商売向いていない」と言っている。その言葉を否定できなかった。

いくらアメリアが頑張っても、ルードティンク隊長の店番では売れる物も売れないだろう。

「――大変です！」

どんな店があるのか、見学に行っていたウルガスが戻ってくる。とんでもない事態が発覚したらしい。

「ウルガス、どうした？」

「あ、あのあの、やばいんです！　向かいにある女性騎士の店にも、パンが売ってあって、しかも──綺麗どころが、猫の耳を付けて接客するみたいなんですよ〜〜！」

「何だと⁉」

女子寮で焼いていたのはビスケットだけでなく、パンもだったようだ。

「それにしても、恐ろしいですね……」

美人な女性騎士が、猫耳でパンを売る。強力すぎるライバル店に愕然としてしまった。

「困ったわ。それじゃあ、ルードティンク隊長の酷い接客抜きにしたって、売れないわ」

「おい、どうして酷い接客だと決めつける」

ルードティンク隊長の指摘に同意する者はいない。それはいいとして、どうしたものかと、頭を悩ませる。

「そ、そうだ！」

ウルガスは何かいい着想を思いついた模様。手をパンと叩いて叫んだ。

「ルードティンク隊長も猫耳を付ければいいんですよ！」

「誰も得をしない‼」

叫んでからハッとなる。心の中に止《とど》めておかなければならないことを、うっかり口にしてしまった。

「リスリス、お前は……」

「ルードティンク隊長は猫耳が似合う自信があるのでしょうか？」

「……」

ないらしい。

けれど、一応やってみようという話になった。ウルガス曰《いわ》く、手巾《ハンカチ》で簡単に作れるのだとか。

「子どもの頃、手巾《ハンカチ》で猫耳を作ったことがあるんですよ」

私は花柄の手巾《ハンカチ》を提供する。猫耳は、正方形の物でしかできないとか。

「まずですね、手巾《ハンカチ》の左右を折って、長方形の形にするんです。それをひっくり返して、中心に向かって上下を折り曲げます。最後に、手巾《ハンカチ》の端の部分を二ヶ所ずつ持って、左右に引いたら、猫耳の完成です」

「おお……！」

見事に、手巾《ハンカチ》は猫の耳の形となった。

ウルガスはそれをルードティンク隊長へと手渡し、頭に当ててみるように勧める。

ルードティンク隊長は無言で、手巾《ハンカチ》で作った猫の耳を頭に重ねた。

何とも言えず、顔を伏せる一同。

このままではいけない。私は勇気を出して挙手し、意見を述べる許可をもらう。

「あの、正直に言ってもいいですか？」

ルードティンク隊長は、神妙な表情でこくりと頷く。

「すみません。女性物の下着を被った……変態にしか見えません」

ルードティンク隊長も若干そう思っていたのか、猫耳手巾《ハンカチ》は静かに下ろされる。

シンと静まり返った。

いたたまれないような、何か悲しいことが起きたような、悲愴感溢れる現場となってい
た――が。

「ぶはっ！」

堪《こら》えきれず、ウルガスは噴き出してしまった。

「おい、ウルガスこの野郎！　わかっていてわざとやらせたな！」

ルードティンク隊長は顔を真っ赤にして、丸めた手巾《ハンカチ》をウルガスへと投げつけた。

あの～、その手巾《ハンカチ》、私のなんですけれど。

雑な扱いをしてくれる。と、こんなおふざけをしている場合ではなかったのだ。

「パンが売れ残ったら困るから、作戦を変更しましょう」

客層を絞ろうと、提案してみる。

「リスリス衛生兵の言う通りです。無差別に売るのは難しいので」

ウルガスはキリリとした表情で、作戦を話す。男性客は女性騎士の店に根こそぎ取られてしまうので、女性客に絞ればいいと。

「アートさんとベルリー副隊長の組み合わせがいいと思います」

なるほど。ザラさんとベルリー副隊長の、男装の麗人コンビ。この二人ならば、女性客が殺到するに違いない。

「ルードティンク隊長は宣伝係をしてもらいましょうか」

板に店名を書いた物を持ち歩き、宣伝文句を言いながら会場をうろつくだけの簡単なお仕事らしい。

「じゃあ俺、ガルさんに宣伝板を作ってもらうよう、頼みに行ってきますね」

「ああ、頼む」

ガルさんとリーゼロッテの二人は、午前中は隊舎で待機している。会場へは午後からやってくるのだ。

お金の両替に行っていたベルリー副隊長が戻ってきた。

作戦変更の旨を伝える。すると、ベルリー副隊長は眉尻を下げ、困ったような表情となった。

「……私に接客などできるだろうか？　経験がないのだが」

「大丈夫です。ベルリー副隊長はいつも通りでいるだけで、問題ありません。それに、ザラさんもいますので！」

「そうか。ならば、可能な限り務めよう」

さっそく、ザラさんとベルリー副隊長に店に立ってもらった。

「お、おお！」

何という、見目麗しい店員なのか。声もかけやすそうだし、全体的にぐっと華やかになった。

『クエックエ～～！』

可愛い可愛い看板娘である、アメリアのやる気もバッチリ。

これで勝てると思った。

＊

ついに始まった慈善バザー！　たくさんの市民が集まってくれた。

会場では想定通り、男性は花の蜜に吸い寄せられた虫のように女性騎士達のパン屋へと集まる。

猫耳、強い……。

しかし、ザラさんとベルリー副隊長も、しっかりと成果をあげていた。

「そこのお嬢さん。パンはいかがだろうか？」

ザラさんとベルリー副隊長が笑みを浮かべつつ声をかければ、確実に釣れる女性客。

男装の麗人、強い……。

ウルガスは店の裏で在庫整理と、お釣りの用意、商品の袋詰めをしていた。テキパキと働いている。

アメリアも『クエクエ～』と鳴いて、宣伝していた。

小首を傾げたりして、女性達の心を掴んでいる模様。さすが、看板娘。

ガルさんが用意してくれた宣伝の板は、店名とちょっとしたパンの絵、さらに、アメリアの横顔まで描かれた物。短時間で仕上げた物には見えなかった。アメリアの絵はリーゼロッテに頼まれて描いたのだろう。

私はルードティンク隊長とパンの宣伝をするため、会場を歩くことに。

「遠征部隊が作ったパン売っていますー、遠征パン」

強面で宣伝板を持つルードティンク隊長の横で、パンの説明をしながら歩く。

「遠征パン？」

「遠征パンってなあに？」

子どもが立ち止まる。姿勢を低くして、パンの宣伝をした。

「遠征任務で食べている保存食を、パンに練り込んだ物です」

「へえ～」

「騎士様の食べているものかあ～」

この騎士の山賊……じゃなくて、お兄さんみたいに強くなれますよと、ルードティンク隊長を指し示してみた。

「ヒッ！」

「ギャア！」

子ども達はルードティンク隊長の顔を見るなり顔面蒼白となり、悲鳴を上げて逃げ出していく。

ちょっと刺激が強すぎたらしい。

「ルードティンク隊長？」

指先が震えているように見えたのは気のせいだろうか。慰める言葉がまったく見つからないので、気付かない振りをした。

途中で猫耳パン屋の前を通る。

「おいしいパンですよ！　お一ついかがですか？」

「お姉さん、一つ、いや、三つくれ！」

「こっちもだ！」

すごい混みようだ。騎士隊の制服にシンプルな猫耳を付けただけなのに、この熱狂の仕方は……。

「すごいな」

「ですね」

「リスリス、あのパンを買ってこい」

「えぇっ……混雑していますし」

「いいから行け」

「はい」

猫耳パン屋に近付く。客の九割が男性だ。みんなが熱狂するパンとはいったい……。確かに、猫耳を付けた細身で綺麗な女性が売っていて、買いたくなるような気もする。

数分並んで、やっと私の番が回ってきた。

「すみません、パン一個ください」

「かしこまりました。こちらですね」

「ありがとうございます」

猫耳女性騎士から、パンを受け取った。袋から取り出して見てみると、何の変哲もないパンであることがわかる。普通のパンも、猫耳美人が売ったら爆発的に売れるようだ。

「――とのことです！」

敵情視察を報告すると、ルードティンク隊長はふんと鼻を鳴らした。

「呼び込みをしていた女は騎士ではなく、事務官だ」

なるほど。騎士にしては華奢な体つきだと思っていたけれど、謎が解明した。しかし、お客さんはみんな嬉しそうだ。平和な光景である。

「あれ、ああいうの、男の人はお好きなんですかね？」

「知るか」

とりあえず、ルードティンク隊長は猫耳派ではないらしい。けれど、猫耳は絶大な支持を得ている。驚きの一言だろう。

三十分ほど回っていただろうか。会場が狭いので、宣伝はそんなに長くできる活動ではなかった。

一度、第二部隊の本拠地に戻った。

「んん？」

「あれ、うちの天幕か？」

「た、たぶん」

第二部隊のお店の周囲には、すごい人だかりができていた。客は女性が多いけれど、若い男性や中年男性も交ざっていた。

これはいったいと斜め方向から店を覗き込めば、その理由が判明する。客の胸に刺繍されているのは、竜を蔦《つた》模様が囲んだ『幻獣保護局』のシンボル。

幻獣保護局の面々が、アメリアを見るために来ているらしい。

『クエ～』

「か、可愛い……！」

「最高だ……」

アメリアを眺め、頬を染める幻獣保護局の局員達。局員達の幻獣愛は相変わらずなようだ。

裏に回り込んだら、在庫がほとんどなくなっていて驚く。

裏方を頑張って働いていたらしいウルガスに声をかけた。

「うわ、すごいですね」

「はい。アートさんと、ベルリー副隊長、アメリアさんの合わせ技ですよ」

勢いは収まらないので、あと一時間もしないうちに完売するだろうとのこと。

良かった。売れ残ったパン尽くしの生活を送らなくても良さそうだ。

ガルさんは『看板娘はお触り厳禁です』の札も作ってくれていたようだ。子ども用にとのことだったけれど、幻獣保護局の局員対策になったらしい。

そして、開店から一時間ちょっとでパンは完売。

ここまで売れると思わなかったので、想定外だった。すべての材料を使いきって作ったので、後悔はない。

閉店後は、市民向けに配布する騎士隊の活動を書いた冊子を置く場所に使うらしい。何だかんだ言って、騎士隊は毎年人手不足なのだ。

私はここでの冊子配り係を任命される。ザラさん、ルードティンク隊長、ベルリー副隊長は騎士舎に戻った。入れ替わりで、リーゼロッテがやってくる。

「あら、全部売れてしまったの？」

「はい、ザラさんとベルリー副隊長、アメリアが頑張ってくれました」

意外にも、リーゼロッテは売り子をしてみたかったらしい。さまざまなことに興味を示すお年頃なのか。

「メル、あなたは店番経験があるの？」

「ありますよ。実家は雑貨屋なので、よく手伝いをしていました」

「ふうん。苦労人なのね」

「そんなことないです」

それにしても、雑貨屋の娘が侯爵令嬢と仲良くなれるなんて、奇跡のようなことだろう。人生、何が起こるかわからない。

途中で、ウルガスから差し入れを受け取った。女性騎士の猫耳パン屋のパンだ。

「にゃんにゃんしてもらいました！」

「良かったですね」

購入の際にサービスで「にゃんにゃん」と言ってもらった模様。ウルガスは嬉しそうだった。

問題のパン、先ほどは見るだけだったけれど、今度は実際に食べてみる。

「う～ん、味は普通ですね」

「ボソボソしていて、食べにくいわ。メルの作ったパンのほうが断然おいしい」

「ですね。味はリスリス衛生兵のパンのほうが断然上です」

「ありがとうございます」

驚くほどおいしい物でなくても、商品は見せ方伝え方で売り上げが変わる。

勉強になった。

ウルガスも隊舎で仕事があるようで、戻ってしまった。私は騎士隊発展のため、リーゼロッテと頑張らなければ。

騎士隊の冊子は百部ほど用意されていたが、なかなか興味を示してもらえない。足を止めてもらうために、声かけなどをしたほうがいいのか。

リーゼロッテは美人なんだけど、眼鏡をかけていてキツく見えるのか、男性はチラチラと見るだけで、足を止めてくれる人はいない。

「う～～む」

短くわかりやすい言葉で、騎士隊の魅力を伝えなければならない。おいしい食堂で三食おいしい食事が無料！　とか？

すうと息を大きく吸い込み――。

「お嬢さん方、こんにちは」

吸い込んだ空気は、声を出さずにそのまま吐き出した。一人の紳士が近付いて、声をかけてきたのだ。

年頃は五十代くらい。白髪交じりの髪を撫で付け、片眼鏡《モノクル》をかけた礼装姿の紳士。手には杖を握っている。

騎士隊に興味があって近付いてきたようには見えなかった。

「あの、どのようなご用件で？」

「はじめまして。私は魔法研究局の局長、ヴァリオ・レフラと申します」

魔法研究局の局長とな⁉　まさかの大物登場に瞠目する。

「どうぞ、以後お見知りおきを」

すっと私のほうへ手が差し出された。が――。

『クエエエ‼』

アメリアが台に前脚を乗り上げ、噛み付こうとした。

「アメリア、ダメです！」

「おっと」

　アメリアがぴたりと動きを止めたのと、魔法研究局の局長が手を引っ込めるのは同時だった。

「さすが幻獣。独占欲が凄《すさ》まじいですね」

「独占欲じゃなくて、あなたが薄ら笑いで挨拶したからではなくて？」

　リーゼロッテは魔法研究局の局長に対し、遠慮のない言葉で噛み付く。怖いもの知らずだと思った。

「これはこれは、失礼を。……おや、そちらのお嬢さんは魔法使いでしたか。いやはや、立派な杖をお持ちで。よろしければ、名前をお聞かせいただけますか？」

「わたくしはリーゼロッテ・リヒテンベルガー」

　ピシッと杖で指しながら、堂々と名乗る。

「ああ、リヒテンベルガー侯爵家のご令嬢でしたか。道理で肝が据わっていると」

　リーゼロッテは差し出された手を、挑むようにして掴んだ。

「ほう――これは素晴らしい魔力です！」

　魔法研究局の局長の手先を見て、ぎょっとする。指に魔力値を測定する水晶の付いた指輪を嵌めていたのだ。あの、ザラさんの家にあった物と同じ水晶だろう。

　リーゼロッテの魔力を感知して、青い光を放っている。

　危なかった。もしも手を握っていたら、私の魔力値が魔法研究局の局長にバレていたのだ。アメリアはわかっていて止めてくれたのか。本当に危なかった。

「リーゼロッテ嬢、少しお話をしませんか？」

「お断りよ！」

「ほんの少しでいいので」

魔法研究局の局長はリーゼロッテから手を離さない。

「なるほど、素晴らしい質の魔力だ……！」

「ちょっと、離して！」

かなりの魔力値馬鹿のようだ。魔力の変態と言っても失礼ではないだろう。

しかし、どう対処すればいいのか。ふと、三つの選択肢が頭の中に思い浮かぶ。

その一、ど突く。

その二、ど突く。

その三、ど突く。

騎士隊の冊子を丸め、そっと慎重な足取りで魔法研究局の局長のいるほうへと回り込む。

手を振り上げた瞬間、魔法研究局の局長の手を掴む者が現れた。

「なっ、だ、誰ですか!?」

リーゼロッテと局長の間に割って入ったのは帽子を被り、黒い遮光眼鏡をかけた、礼服姿の中年男性。

その男性はズルズルと、無言で魔法研究局の局長を引きずっていく。

ちらりと、横から見えたのは、リーゼロッテと同じ色合いの瞳。見覚えがありすぎる、高貴なおじさんだった。

魔法研究局の局長は、突然現れた人物の手により連行されていなくなる。

「リーゼロッテ、大丈夫でしたか?」

「え、ええ」

変態魔力おじさんがいなくなり、平和が訪れた。それにしても、魔力に対する執着心がすごい。見ず知らずの他人に、あそこまでするなんて。

ここで、リーゼロッテはポツリと呟く。

「それにしても、親切な人がいたものね」

颯爽と現れた遮光眼鏡のおじさん。悔しいけれど、ちょっとかっこ好《よ》かった。

「いったい、どこの誰なのかしら。お礼が言いたいわ」

相手はあなたのお父様ですが。多分だけれど。

侯爵様はきっと、リーゼロッテが心配で、陰から見守っていたに違いない。

親子喧嘩の最中だったので、堂々とやってこなかったのだろう。

真実を言っていいのか悪いのか、判断に困る。

私の中にある魔力について、隠し通すのは難しいかもしれない。

さすがの私も「やばいかもしれない」と、危機感を覚える。

慈善バザーから帰ってすぐに、相談があると言ってザラさんを食事に誘った。

「メルちゃん、場所は私が勤めていた店でいい？」

「はい」

「だったら、一回帰宅して、そのあと店の前で集合しましょう」

「わかりました」

終業後、一回寮に戻って身支度を調えたあと、ザラさんが勤めていた食堂――アバン・アトゥラフォードに向かう。

アメリアと共に街を歩いていたら、子どもに声をかけられた。六歳か七歳くらいだろうか。キラキラした目を向けられる。

「わあ、騎士様の鷹獅子《グリフォン》だ～～」

「最強だぞ～～」

これはリーゼロッテが幻獣の布教をした成果だろう。

＊

魔法研究局の局長が去ったあと、アメリアが子ども達の興味を引いたのだ。

作戦は大成功。百冊あった冊子は、半分ほど配布を完了させることができた。

少年達は興奮した様子でアメリアを囲む。

「騎士様、鷹獅子《グリフォン》に触ったらダメなの？」

「噛み付く？」

う～～ん。どうだろう。

契約をして、ずいぶんと落ち着いたような気がする。お留守番はできるようになったし、夜鳴きもしなくなった。一方で、ウルガスが触りたそうにうずうずしていると、途端に不機嫌になったりする。

難しいお年頃なのだ。でもまあ、一応お伺いをたててみる。

「アメリア、子どもが触っても大丈夫ですか？」

『クエ～』

なんと、「別にいいよ」という、返事をいただいた。アメリアは往来の邪魔にならないよう、道の端に寄って伏せをする。

アメリアのくりっとした目は可愛いけれど、体も大きくなって貫禄が出てきている。けれど、子ども達は怖くないらしい。

「優しく触ってくださいね」

「わあい！」

「ありがとう」

子ども達は嬉しそうにアメリアをモフモフしていた。隣にしゃがみ込み、話しかける。

「幻獣はですね、優しい気性をしていますが、警戒心も強いです。だから、森の中で発見しても、決して近付いてはいけませんよ」

「はあい」

「わかった」

幻獣保護局の局員ではないけれど、幻獣について誤解が生じたら困るので、一応伝えておく。

夜の闇色が、夕陽を地平線へ追いやる。

子ども達は暗くなる前に家に帰らなきゃと言って、帰っていった。アメリアにお礼を言えば、気にするなと寛大なお返事をいただけた。

「そういえば、ウルガスのお触りはどうしてダメなんですか？」

『クエ〜〜』

「ほうほう」

なるほど。若い男はダメらしい。乙女心だろうか。まあ、私もウルガスに触っていいかと聞かれたら、全力で断るけれど。

約束の時間ぴったりに、アバン・アトゥラフォードに到着した。

入り口付近で待っているザラさんは本日も女性の恰好ではなく、緑の生地に蔦模様が入った詰襟の上着に黒いズボンという男性の服装だった。

そんなザラさんだったが――なんと、複数の女性に囲まれている。

眉尻を下げ、困っているようにも見えた。

『クエクエ』

「え⁉」

アメリアは言う。あれは、遊びに誘われているのだと。

「さすが、王都。女性から積極的に男性に声をかけるなんて……」

『クエクエ』

曰く、都会の女性は狩猟民族らしい。将来性のある異性を見かけると、全力で狩りを行う。そんな習性が、備わっているのだとか。

「へえ～、そうなんですね――ってアメリア。あなたはそういうの、どこで覚えてくるんですか？」

『クエ！』

幻獣は元より豊富な知識を有しているのだとか。そういう生き物らしい。

生態について解説してくれるリーゼロッテがいないので、今はそうなんだと納得するしかない。

「メルちゃん！」

私に気付いたザラさんが駆け寄ってくる。囲まれていた女性達には、連れが来たのでと笑顔で手を振っていた。

ザラさんの背後にいる女性達に睨まれてしまう。王都の狩猟民族怖い！

「早く中に入りましょう。寒いでしょう」

「そうですね」

女性達と別れ、裏口から店内に足を踏み入れる。

すっかりお馴染みのお店となった食堂。席に着くと魚介類を推す特別メニュー表を手渡された。私は白身魚定食を頼んだ。ザラさんは日替わり定食を注文する。アメリアには果物の盛り合わせと水を頼んだ。

「ごめんなさいね。まったく知らない人達なのに、飲みに行こうって誘われて」

「大変でしたね」

ザラさんが日々、女装していた理由を察する。何となく、日常生活に支障をきたすくらいモテていそうだなという印象があった。

「少し前まで簡単にあしらえていたような気がするのだけれど、最近はなんだか上手《うま》くできなくって」

「そういうの、できなくて当たり前なんですよ」

私の言葉に、ザラさんはハッとした様子を見せる。

ベルリー副隊長が前に言っていたことを思い出す。以前のザラさんは、周囲が期待する「明るくて派手な男」の印象に応えようと無理をしていたのだ。

多分だけれど、第二部隊にやってきてから本来の自分らしさを取り戻したのではと思っている。

「私も、少しだけ人見知りするので、気持ちはわかります」

「ありがとう」

笑顔が戻ってきたのでホッとする。私も頬が緩んでしまった。

「あの、私、やっぱりメルちゃんが――」

ザラさんが話しかけた瞬間に、料理が運ばれてきた。

「わあ、おいしそう！」

白身魚のスープ、クリームチーズパイ、季節のサラダの三品。パンは食べ放題という太っ腹なメニューだ。

乗り出して見ていたので、店員のお姉さんに笑われてしまった。

「す、すみません」

「いいえ、嬉しいです。どうぞ、温かいうちに召しあがってください」

「ありがとうございます」

手と手を合わせ、料理への感謝の祈りを捧げる。

スープは干した白身魚を水で戻し、ふっくら柔らかくなるまで煮込んだ物。出汁《だし》に貝も使っているようで、魚介の旨みがぎゅぎゅっと濃縮されている。味わい豊かで、温かいスープは冷えた体に沁み入るよう。

ザラさんの顔を見ると、匙を手にしてスープを見つめたまま動いていない。

「あ、ザラさん、さっき、何か言いかけていましたよね？」

「お話は食事が終わってからにしましょう。話し込んだら、せっかくのおいしい料理も冷めてしまうし」

「すみません」

「いいの。それよりもメルちゃん、このパイ、おいしいわよ」

クリームチーズパイはサクサク生地にチーズ風味のクリームソースと白身魚を包んだ物。ナイフを入れたら、とろ～りと濃厚なソースが溢れる。

白身魚はふわふわ。ソースと絡んで、味をさらなる高みへと引き立ててくれる。何層にも重なった生地はバターの香りが豊かで、外側の軽い食感と、内側のソースを含んだしっとりとした食感の違いも楽しい。

お勧めなだけあって、魚料理はどれも絶品であった。

ザラさんの日替わり定食は、猪豚《スース》のシチューと串焼き。串に刺さった猪豚《スース》の香草焼きとクリームチーズパイを交換した。おいしくて、幸せな気分だ。

食事が済んだら、話は本題へと移った。

ザラさんが先にと思っていたけれど、私の話をするようにと言われた。

「実は、昼間に魔法研究局の局長がやってきまして」

「何ですって⁉」

水晶の指輪の件を話せば、ザラさんは頭を抱え込む。

「実は、誰かに相談しようと思っていたの。さすがに、私達だけでは抱えきれない問題だと思って――」

その相手はルードティンク隊長がいいと考えていたとか。もしも何かあれば、伯爵家である実家に助けてもらえばいいと。

「でも、魔法研究局の局長が相手ならば、ルードティンク隊長のご実家でも助けることはできないわ」

「それは、どうしてですか？」

「魔法研究局の局長――ヴァリオ・レフラは、王家に名を連ねるお方なのよ」

「ひええ～～！」

国王陛下の五つ年下の弟らしい。王弟が供も連れずに街中を歩いているとは、誰も予想できないだろう。

リーゼロッテは残念ながら社交界デビューを果たしていないので、気付かなかったのだ。

「目を付けられたら、逃げられないってことね」

「何てこった！」

今度は私が頭を抱える。ザラさんは、庇護者は絶対に必要だと言う。私もそう思った。

「幻獣に理解があり、そこそこ財力があって、自分以上の権力者に媚びず、強気な人が最適なのだけれど――」

それに該当する人物を、一人だけ知っている。私はザラさんと共に、明後日《あさって》の方向を見上げ、目を細めた。

なんて、世の中は残酷なのだろうか。私に試練を与えるなんて。

「そういう都合がいい人物なんて、一人しか知らないわ」

「私も、一人だけ知っています」

幻獣大好きで、頑固なお人――幻獣保護局の局長であり、侯爵家の現当主でもある、マリウス・リヒテンベルガー。

言わずもがな、リーゼロッテのお父様である。

＊

いつもの朝。アメリアと共に身支度を済ませ、食堂に向かう。

本日のメニューは挽肉オムレツに、根菜のスープ、サラダにゆで卵、食べ放題のパン。

おばちゃんから料理を受け取り、席に着く。

食前の祈りを捧げたあと、瞼《まぶた》を開いたら目の前に騎士のお姉さんがいて「おはよう」と声をかけてきた。彼女は確か――私が幻獣との契約の刻印《ホールマーク》を確認する時、大浴場で見張りをしていた腹筋が綺麗に割れていたお方ではないか。

日焼けした肌に、がっしりとした体躯。重量のある鎧を纏い、剣を佩《は》いていても、体の軸がぶれることはない。理想的な騎士の体型であった。

「久しぶりね。あれから幻獣保護局のお嬢様が入ったって聞いたけれど、大丈夫？」

「はい、何とか」

いろいろ大変だろうけれど、頑張ってねと励ましてくれた。なんて優しい人なのか。

「じゃあ、また」

「はい」

去りゆく騎士のお姉さんを見送りながら、ほっこりとした気分となる。

『クエクエ！』

「おっと、ぼんやりしている時間はないですね」

床で伏せをしているアメリアに「集合時間に遅れるよ！」と注意されてしまった。

ナイフを手に取り、オムレツに切り目を入れる。中からとろりと半熟の卵と共に出てきたのは、甘辛い味付けがされた挽肉炒め。卵はふわふわで味付けは薄いものの、挽肉炒めが濃いのでちょうどいい。

パンに載せてもおいしかった。

と、じっくり味わっている暇はない。ザラさんとの集合時間まであと十五分。もっと早く起きれば良かったと後悔した。

かっ込むように朝食を食べ、ザラさんとの待ち合わせ場所まで全力疾走した。


朝から第二遠征部隊の執務室に七つの荷物が届く。シャルロットがせっせと運んできてくれたようだ。

「あのね、アンナおねーさん。荷物は、これで、ぜんぶだよ」

「ありがとう、シャルロット」

ベルリー副隊長に頭を撫でられたシャルロットは、嬉しそうに微笑んでいる。

「シャルロット、これ、重たくなかったのですか？」

包みは、かなり大きい。シャルロットの身の丈以上の物もあった。

シャルロットは耳をピンと立て、胸を張り誇らしげな様子で言った。

「重たくなかったよ。シャル、力持ち！」

「なるほど。さすがです」

「メル、何か、困ったことがあったら、シャルに、何でも言ってね」

「頼りにしています」

シャルロットはウンウンと頷いたあと、部屋から出ていった。

静かになった部屋の中、視線は自然と荷物にいってしまう。ベルリー副隊長も、困惑の表情で見下ろしていた。

「ベルリー副隊長、これ、どこからですか？」

「魔法研究局の局長と魔物研究局の局長から、先日のスライム事件のお詫びに届いた品らしいが……」

大きな箱が一つ、細長い箱が四つ、中くらいの箱が一つに、細長くて大きな箱が一つ。

これはいったい？

「なんか、贈り主が怪しくて、嫌な感じがします」

その言葉に、ベルリー副隊長は苦笑していた。

バタンと、大きな音を立てて扉が開く。ルードティンク隊長が扉を蹴り開けて入ってきたのだ。

休憩室にいたらしい、ガルさん、ウルガス、ザラさん、リーゼロッテが続く。

すれ違いざま、ルードティンク隊長は私に小箱をぽいっと投げた。これはいったい？

どかりと執務椅子に腰かけ、朝礼を開始する、と低い声で言った。

私は謎の小箱を手にしたまま、話を聞くことになった。

「まず、今日は遠征任務が入っている。うまくいけば日帰りだ」

なんでも、王都近くの森に『笑い蔦』という物が生えているらしく、商人などが襲われているとか。それを刈り取るのが今回のお仕事だ。私は挙手して質問する。

「すみません、移動は馬ですか？」

「いや、馬車を手配した」

「了解です」

馬の移動ならば、アメリアを連れていけない。そう思っていたが、問題はなさそうだ。

けれど、そろそろ馬車に乗せるにはいささか厳しい大きさまで育っている。

馬との並走などできるだろうか。持久力や体力もどの程度あるものか、あとで聞かなければ。

そして、最後に気になっていた包みについて発表された。

「それは魔物研究局と魔法研究局が共同製作した武器らしい。先日のお詫びにと、わざわざ贈ってくれたそうだ」

なんと、包みの中身は武器だった。

しかし、魔物研究局と魔法研究局の共同製作というのが気になる。

ルードティンク隊長も口には出さないが、「いい迷惑だ」と険しい表情が物語っている。

「魔物の牙や爪、魔力を含んだ特別な素材で作られた品だと。試作品で、使用感を知りたいらしい」

文書を提出しなければならないとか、ぜんぜんお詫びの品でも何でもない。

みんな、微妙な表情で届けられた荷物を見下ろしている。

「そういえばルードティンク隊長、この小箱は？」

「アメリアの物だ。一人分足りないと言ったら、すぐに送ってきた」

「あ、ありがとうございます」

開けてみると、中身は絹の手巾《ハンカチ》であった。何やら呪文が刺繍されているけれど、これは何だろう？

リーゼロッテに聞いたら、祝福《ベネデッタ》の呪文が施されているらしい。

アメリアに見せたら気に入った様子だったので、首に巻いてあげる。

『クエ～～』

みんなから似合っている、可愛いと褒められ、ご満悦な様子だった。

「問題はこちらの装備だが――」
武器開封の前に、届いていた手紙が読み上げられる。
内容は先日のスライム事件の謝罪とお礼。最後に、武器について書き綴られているようだ。
「――これは魔物研究局と魔法研究局で共同製作した最強の武器で、『七つの罪』シリーズと呼んでいる、と」
魔剣――傲慢《スペルビア》
魔双剣――強欲《アワリティア》
魔槍――憤怒《イラ》
魔弓――怠惰《アケディア》
魔斧――色欲《ルクスリア》
魔杖――嫉妬《インウィディア》
魔棒――暴食《グラ》
大剣は鞘、柄《つか》、刃、すべてが黒く、禍々しい物だった。ルードティンク隊長の雰囲気に似合っているというか、何というか。
双剣は持ち手から刃のすべてが白で、鞘には宝石がちりばめられている。持ち手にも美しい花模様の細工がなされていた。ベルリー副隊長の凛々しさを倍増させる武器だ。

槍は刃までもが緑色で、蔓模様が彫られている。深い森を思わせる物だった。穏やかなガルさんにぴったり。

弓は海と同じ青。最新式の弓らしい。騎士隊ではまだ採用されていない形らしく、ウルガスは興奮した様子で手に取っていた。

戦斧は柄や刃、すべてが金。先端には一角獣《モノケロス》の角に似た突起が付いている。ザラさんが手にすれば、美しさが際立つだろう。

魔杖は赤色の柄に、先端には丸く黒い宝石がはめ込まれている。身の丈ほどの、細長い杖だ。リーゼロッテが持つと妖艶な感じがする。

最後に、私の武器は――ただの木製の棒だった。背丈よりも少し長いくらいか。細工もなければ、呪文も刻まれていない。驚くほど普通だ。

「こ、これは……」

皆から、いたたまれない視線が集中する。

「あれですね、木の上の果物とか取りやすそうですし、洗濯竿にも使えそうです」

そもそも、非戦闘員なので武器など必要ないのだ。そう、前向きに考える。

「それにしても、イラとか、アケディアとか、不思議な響きの名前ですね～」

ウルガスがポツリと感想を漏らした。

「古代語ですよ」

一応、私も深く広い知識を有するエルフ族の一員なので、古代語も少しだけ齧っている。

「そうなんですか。道理で」

私は幼い頃、祖母に習ったけれど、王都に住む人々は今まで触れることのなかった言葉らしい。

「各々の武器の名は、どういう意味なんだ？」

ルードティンク隊長の武器の意味は『傲慢《スペルビア》』ですね、なんて言えるわけがない。

「知りません」

「嘘吐け。今のは知っているけれど、妙な意味だから言いたくないという顔だ」

ルードティンク隊長の鋭い指摘に舌打ちをしそうになった。

山賊の勘だろう。恐ろしい。

しらばっくれるのも面倒なので、全員分の武器の意味を発表した。

「ルードティンク隊長の剣は『傲慢《スペルビア》』、ベルリー副隊長の双剣は『強欲《アワリティア》』、ガルさんの槍は『憤怒《イラ》』、ウルガスの弓は『怠惰《アケディア》』、ザラさんの斧は『色欲《ルクスリア》』、リーゼロッテの杖は『嫉妬《インウィディア》』、私の棒は『暴食《グラ》』ですよ」

古代語の意味を聞いた面々は微妙な雰囲気となる。これが嫌だったから、言いたくなかったのに。

「しかし、趣味の悪い名前を付けたものですね」

「まったくだ」

けれど、武器としては高性能らしい。ルードティンク隊長なんか「早く切り刻んでみたい」と、物騒なことを呟いている。

ベルリー副隊長は装飾が華美すぎではないかと気にしていた。

大丈夫です。とってもお似合いです。

ガルさんは槍をひょいひょいと動かし、アメリアと遊んでいる。武器の名前など気にしていない様子だ。

ウルガスはまだ最新式の弓に感激していた。良かったね。

一方で、ザラさんは複雑な表情で戦斧を握っていた。

「……『色欲《ルクスリア》』ねえ」

名前が発覚した今、お似合いですとは言えなくなっていた。

リーゼロッテはもらった杖を、手に取らずに放置していた。今まで使っていた杖を引き続き使うらしい。

「思い入れのある杖だから、簡単に替えることなんてできないわ」

一人前に認められた証として授かった杖なんだとか。

各々異なる反応を見せている。

私は棒の使用感を確かめるために、遠征に持っていくことに決めた。

遠征と、雪キノコのスープ

ベルリー副隊長の号令で準備を開始する。

私は食糧保管庫から、パンや干し肉、野菜の酢漬けの瓶、チーズなどを取り出し、鞄に詰めていく。

『クエ！』

アメリアは自分の分の干した果物の入った革袋を、銜《くわ》えて持ってきてくれた。

「おっと、ありがとうございます」

それから、救急道具を入れて、薬草を混ぜた水を人数分作る。

荷物の準備が終わると、鞄はずっしりと重たくなった。

「アメリア、もしも、私が回復魔法を使えたら、衛生道具を持ち運ばなくても良くなるので、荷物も軽くなりますよね？」

『クエクエ！』

アメリアから「その分、自己負担も増えるから、キツイことに変わりはないよ」と返される。

その通りだと思った。魔法は万能ではない。

フォレ・エルフの村でも、魔法を使いすぎた人が診療所に運ばれる話は珍しくなかった。

魔力の消費は直接体に負担がくる。医術師の先生もそう話していた。

私はまだ、迷っている。内なる魔力とどう向き合うかと。

いずれルードティンク隊長とベルリー副隊長に相談する予定だ。こんな大変なことを、
ザラさんにだけ背負わせるわけにはいかない。

それから、ルードティンク隊長がいいと言うならば、ガルさんやウルガス、リーゼロッテにも報告したい。

皆に知ってもらって、この先どうすればいいか、聞きたい――というのは我儘《わがまま》だろうか。

悩んでいたって仕方がない。今は任務に集中しなくては。

踵《きびす》を返すと、遠くから駆けてくるウルガスの姿が見えた。

「リスリス衛生兵、馬車の準備できたみたいですよ～」

「は～い」

行かなければ。

『クエクエ！』

「ん？」

アメリアが洗濯竿を銜え、私に手渡してくれる。

「いや、洗濯竿はいらな――」

と、ここで思い出す。これは洗濯竿ではなくて、魔棒グラであると。あまりにも普通の棒っきれだったので、すっかり忘れていた。

「って言うか、棒って酷くないですか?」

『クエ～～』

アメリアは「先っぽ削って槍にする?」と提案してくれる。野性的でいいなと思った。

「みんな～～、いってらっしゃ～い!」

シャルロットの見送りを受けながら、遠征開始となる。


ガルさんの操縦で馬車は街道を進んでいった。安全運転で善きかな、善きかな。

車内では、ルードティンク隊長が腕を組み、ふんぬと威厳たっぷりな様子で座っていた。お隣に腰かけているのは、誰がルードティンク隊長の隣に座るかの小競り合いに負けたウルガス。居心地悪そうにしていた。

二人の向かい側に座るのは、ベルリー副隊長。その隣に私とリーゼロッテが並んで座り、キャッキャとアメリアの毛繕いをする。

ザラさんはウルガスの隣に腰かけ、窓の景色を眺めていた。

お手入れをしている途中、アメリアの羽根が抜けたので、悲愴感漂うウルガスの上着に挿《さ》してあげた。

僅かに白目を剥いていたウルガスは、アメリアの羽根に気付くと、ぱあっと表情が明るくなる。

良かったねウルガス、と微笑ましく思っていたら、抗議の声が上がった。

『クエ～～』

「え⁉」

なんと、アメリアが「羽根をあげるのはちょっと、やだ……」と言い出したのだ。

どうしよう。ちょっとした反抗期なのか。

ウルガスはキラキラした目で、アメリアの羽根をくるくると回しながら眺めていた。

とても、やっぱり返してくれと言える雰囲気ではない。

私の微妙な空気に、ザラさんが気付いた。

「メルちゃん、どうしたの？」

「え、えっとですね～」

ザラさんの隣に行って、耳元で内緒話をしようと近付く――が。

近付いた瞬間、ザラさんは私から身を離し、ガン！　と窓に頭を強打していた。

「ザラ、お前何やってんだ」

ザラさんはルードティンク隊長に指摘《ツッコ》まれる。でも、本当にどうしたのか。

「ご、ごめんなさい。ちょうど羽虫がいて、びっくりしただけ」

「そうだったんですね。虫は？」

「どこかに行ったみたい」

「良かったです」

改めて、相談をする。

「すみません、アメリアがウルガスに羽根を渡すなと言ってきたんです」

「あら、そうなの」

「どうしてだと思いますか？」

「そうねえ」

いったん体を離したら、ザラさんの異変に気付いた。顔が真っ赤になっていたのだ。

「あの、大丈夫ですか？」

「え、何が？」

ザラさんはビクリと体を震わせ、驚いた顔で聞いてくる。何か、さっきから挙動不審だけれど。

「もしかして、熱があるのでは？」

前髪をかき上げ、額に手を当てる。すると、ザラさんはふるふると震え出す。

やはり、熱があって辛いのでは？

頬が真っ赤だったので、手先で冷やしてあげる。

この先どうするか、指示をもらうためにルードティンク隊長を振り返ったが、ベルリー副隊長から声がかかった。

「メ、メルメル衛生兵。ザラは大丈夫だ！」

「ベルリー副隊長、メルメル衛生兵ではなくて、リスリス衛生兵ですよ」

ウルガスがベルリー副隊長の言い間違いを、やんわりと指摘する。

「す、すまない。リスリス衛生兵。ザラは大丈夫だから、こちらへ戻ってこい」

「え、ええ……わかりました」

明らかに、風邪の前触れみたいな様子だけれど、ベルリー副隊長が大丈夫だと言うので、信じるしかなかった。

「わたくし、わかったわ！　ザラ・アートは――」

リーゼロッテが突然大きな声を出す。

すると、ベルリー副隊長がすっと立ち上がり、リーゼロッテの唇に指先を当てた。

「んむ！」

「は、話は私が聞こう」

今度は、ベルリー副隊長が挙動不審になる。いったいどうしたのか。

リーゼロッテと二人、何やら内緒話をしていた。

「――え？　あ、なるほど。ふむ、理解した」

「わたくしの発見は以上よ」

「リヒテンベルガー魔法兵、ありがとう」

「よろしくってよ」

ベルリー副隊長は私のほうを向いて、リーゼロッテが気付いた点について耳打ちをしてくれた。

「アメリアの件なのだが、年頃の男に羽根を所持されるのは、恥ずかしいらしい」

「ああ、なるほど」

自らの立場に置き換える。

確かに、自分の髪の毛を手にした男性が「わ～い」と喜んでいたら、「ええ～……」となるだろう。

その辺の理解ができていなかった。アメリアも、一人前の淑女なのだ。

ベルリー副隊長がウルガスに話をしてくれた。

アメリアは少女のような感性を持ち、羽根を手にされると恥ずかしくなるのだと。

「あ、なるほど。そういうことでしたか。すみません、あまりにも綺麗だから、喜んでしまって」

ウルガスはアメリアの羽根を返してくれた。

アメリアにも、ウルガスは羽根が綺麗だから喜んでいたという点を伝える。

『クエクエ』

「え？　いいんですか？」

『クエ！』

なんと、「そこまで言うのならば、別にあげてもいいけれど」とお許しの言葉をいただいた。

そんなわけで、羽根は再度ウルガスの手に渡る。

「うわ、やった！　ありがとうございます！」

喜ぶ様子を見て、満更でもない様子を見せるアメリアであった。

しかし、彼女の乙女心はだんだんと複雑になっていく。

もしかして、女子力において負けているのでは？　何という、敗北感……！


途中で湖の前で停まり、運転手交代と、馬の休憩時間を取る。

「水質の確認をしますね」

衛生兵の七つ道具である、水質調査器を使って水が飲めるかどうか確認した。

「問題ないようです」

ルードティンク隊長はそのまま手で掬ってガブガブ飲んでいた。

私はお腹を壊しそうなので、湯を沸かす。茶葉をそのまま入れて、煮出しのお茶を作った。

砂糖と蜂蜜《ミエレ》をたっぷり入れて、カップに注いで手渡していく。

「……茶葉への冒涜《ぼうとく》の味がするわ」

リーゼロッテは一口飲んだあと、辛口の感想を漏らす。荷物の中から茶器を出すのが面倒だったとは言えない。これが遠征先で飲むお茶なのだと、主張しておいた。

「あ！」

少し離れた場所に、真っ赤な木の実が生《な》っているのに気付いた。喜んで駆け寄ったけれど、高くて取れない。

ぴょんぴょんと跳ねていたら、ガルさんがやってきて、木の実を千切ってくれた。

「わ、ありがとうございます」

これは冬苺《フレサ》と呼ばれる、秋から冬にかけて熟す珍しい木の実だ。

さっそく、食べてみる。味わいは……悶絶するような酸味に襲われた。

「うわ、やばいくらい酸っぱい！」

近くに寄ってきたアメリアにも、一個食べさせてみる。

『ク、クエ～～！』

アメリアにも酸っぱすぎたようだ。

これは砂糖で煮込んで食べたほうがいい。肉料理のソースにも良さそうだ。

料理に使えそうだったので、持ち帰ることにした。


馬車の操縦者がルードティンク隊長に交代となり、目的地の森まで走る。

休憩所から一時間ほど走ると、森の管理者の小屋に到着した。

まず、管理人に話を聞く。

小屋から出てきたのは初老の男性。ここには樹液が豊富な木がたくさん生えているらしい。商人がやってきて管理者にお金を払い、蜜を採取しているとか。

樹液は冬から春先にかけて糖度を増す。今の時期が絶好の収穫期なのだ。けれど、笑い蔦騒ぎで商人は寄り付かなくなった。

「笑い蔦は商人を襲い、所持物を奪って逃走するんです」

目的は謎。奪った荷物も見つかっていないらしい。

形状は細長い蔓《つる》状で、全体的な形状も謎。地面を這って現れるらしい。

「あの～、一つ質問なんですが」

ウルガスが挙手して質問する。なぜ、『笑い蔦』と言うのだと。

「それはですね、笑い蔦は自身の蔓で攻撃対象を縛り――こしょこしょとくすぐるのです」

「あ〜、なるほど。ありがとうございます」

なんでも、魔物図鑑に登録されていない種類らしい。

「だから、魔物研究局の局員が前のめり気味に情報提供を求めていたのか」

ルードティンク隊長は朝の定例会議の帰りに、魔物研究局の局員に詰め寄られたらしい。

何たる不幸。

「そういえば、後日別件で話があるとも言っていたな、魔物研究局の局長直々に」

嫌な予感しかしない。きっと、みんな同じことを考えているだろう。

「あの、騎士様、よろしかったら」

小屋を出ていこうとしたところ、管理人より瓶とナイフ、ヘラを手渡される。

「これは？」

「樹液を採取する器具一式です」

ナイフには呪文が書かれている。これで木を切り付ければ、樹液が溢れてくるらしい。

「ここの木々は魔法使いである領主様が管理されておりまして、樹液は魔法のナイフでないと、採ることができないんですよ」

「なるほど」

すごい魔法だ。

なんでもここの土地の所有者は代々魔法使いで、独自に販売することにも興味を示さなかったらしい。だが、研究費が稼げるという助言を受け、十数年前から商人と取引をするようになったと。

「よろしかったら、樹液を味見なさってください。とってもおいしいので」

ちなみに、ここの樹液は高級品として流通しており、ひと瓶金貨一枚もする。

それを聞いたら、是非とも味見をしたい。

「樹液……初めて食べます」

「パンケーキに垂らして食べるのが一番ですねえ」

「いいですね、おいしそうです」

樹液は一度濾《こ》して、煮詰めて蜜状にするらしい。綺麗な琥珀色になれば完成だとか。

「そのお色は本物の琥珀よりも美しく――」

「へえ」

うっとりしていたら、ルードティンク隊長から釘を刺されてしまった。本来の目的は樹液の採取ではなく、笑い蔦の退治であると。

「わかっていますよ」

手にしていた魔棒をとんと地面に叩き付け、表情をキリリとさせる。

「お前、いくらいい装備を持っているからといって、戦闘になっても前に出るなよ」

「了解であります」

敬礼をしながらいい返事をしたのちに、森の中へと進んでいく。

森の中はうっすらと雪が降り積もっている。吐く息は白く染まり、指先はかじかんでいた。

「アメリア、大丈夫ですか？　寒くないです？」

『クエ～』

アメリアの装備は頭巾と朝もらった手巾《ハンカチ》、ザラさんお手製のマントのみ。だけど、羽毛がもふもふなので寒くないらしい。

蜜が採れる木は樹液楓《アルセ》という名前で、黄色い幹が特徴だ。今は散っているけれど、手の平のような葉を付けることが特徴らしい。と、さっそく発見。

「おい、リスリス。この木の蜜を舐めたかったんだろう。ちょっと切ってみろよ」

樹液が気になって任務に支障が出るからと、ルードティンク隊長は樹液の味見の許可を出してくれた。

「木の蜜を舐めたいとか、虫じゃないんですから」

任務よりも樹液を優先するように見えていたなんて。ちょっと酷い。

「味見、しないのか？」

「せっかくなので、します」

呪文が刻まれたナイフで幹を傷つけると、じわりと樹液が溢れてきた。樹液はヘラで掬った。

見た目は意外とサラサラしている。色も無色だ。煮詰めるとトロトロになるのだろう。

指先で掬って舐めてみる。

「——わっ、甘い！」

濃厚な甘さがあり、柔らかな風味が口の中に広がる。樹液の香りがいい。私と同じく味見をしたみんなも、口にしては驚いた表情を浮かべていた。是非とも採取して、料理に使いたい。

「満足か？」

「はい、ありがとうございます」

採取はまたあとで。調査を再開する。

「それにしても、地面を這う蔦って、謎ですねえ」

ウルガスが呟く。

蔓系魔物で有名なのは大根《ラバネロ》に似た怪植物《モンス・フィト》。頭上から蔓を生やし、敵を締め付ける攻撃をしてくるとか。

でも、報告書によれば怪植物《モンス・フィト》を目撃した人はいないらしい。被害者は全員、どこからか蔓が地面から這って現れ、拘束されてくすぐられるという攻撃を受けたとか。

『クエ！』

「ん？」

アメリアが言う。「敵接近！」と。

耳を澄ませたら、前方から四足獣の足音が聞こえた。ガルさんは気付いていたようで、ルードティンク隊長に数を報告していた。

ベルリー副隊長が叫ぶ。

「――総員、戦闘態勢を取れ。リスリス衛生兵はリヒテンベルガー魔法兵、アメリアと共に後方待機せよ」

皆、魔物を迎えるために武器を構える。

襲いかかってきたのは――灰色狼《グリ・ヴォルフ》。アメリアよりも一回り大きく、額には角が突き出ていた。数は十。群れだろうか。若干多い。

『クエ！』

アメリアは私とリーゼロッテの前に立ち、翼を広げる。どうやら守ってくれるようだ。

「リスリス衛生兵、背後にも注意しておくように」

「了解です！」

ひと際大きな狼が低い声で鳴いたのは、群れの統率者だろう。すると、灰色狼《グリ・ヴォルフ》は次々と勢い良く飛びかかってくる。

ルードティンク隊長は大きな漆黒の大剣――魔剣スペルビアを振り上げ、灰色狼《グリ・ヴォルフ》を迎え討つ。挨拶代わりに鋭く重い一撃を食らわせていた。薙いだ首が胴から離れて宙を舞い、あとを追うように滴っていた血が弧を描く。

ガルさんは次々と飛びかかって来る灰色狼《グリ・ヴォルフ》に、緑色の槍――魔槍イラで一撃を与え、ふらついている隙にベルリー副隊長は首を美しい双剣――魔双剣アワリティアで裂く。

ルードティンク隊長、ガルさん、ベルリー副隊長を掻い潜った灰色狼《グリ・ヴォルフ》はザラさんが、金色の斧――魔斧ルクスリアで一刀両断する。

ウルガスは青い弓――魔弓アケディアを持ち、後方で様子を窺っていた灰色狼《グリ・ヴォルフ》の統率者《リーダー》に向けて矢を番《つが》えて射た。見事、角の下に鏃《やじり》を命中させる。

リーゼロッテは戦闘を眺め、感心するように呟いた。

「私の出る幕はなさそうね」

「ええ、強いんですよ。皆さん」

『クエ～』

あまりにも強すぎるので、私は油断していた。

上から忍び寄る、蔓の存在にも気付かずに、後方ばかり気にしていたのだ。

「――へ？」

くるくると、腰に何かが巻き付く。

『クエエ!!』

「え、メル、嘘っ!?」

「ぎゃあ〜〜！」

気付いた時には、木の上に引き上げられ、宙ぶらりんになっていた。

私の腰に巻き付いている何かは、笑い蔦だ。まさか、上空から襲ってくるなんて。

「やだ、メルちゃん！」

「ザラ、戦闘に集中しろ!!」

ザラさんは私のせいでルードティンク隊長に怒られる。申し訳ない。

それにしても、恥ずかしい。真っ逆さまに吊されているので、外套とスカートが捲れ、下に穿《は》いている短いズボンと脚が剥き出しになっている。さらに手足にも、くるくると蔓が巻き付いていた。

「待っていなさい、メル。わたくしが助けてあげ――」

「待て、リヒテンベルガー魔法兵！　魔法は撃つな！」

今度は、ベルリー副隊長の注意がリーゼロッテに飛んでくる。

一度、大炎上した悪制球炎魔法《ノーコン》を目の当たりにしているからだろう。私も、ちょっと怖い。

「ウルガス、リスリスの救助を頼む」

「了解しました！」

ルードティンク隊長はウルガスに指示を出す。申し訳ないの一言だった。

助けていただくまで大人しくしているつもりだったけれど、二本目の蔓が私に襲いかかってきた。

「――へ⁉」

蔓はするりとシャツの合わせ部分から入り込み、素肌へと触れる。

そして、お腹を撫でるように動き出し、

「あひゃ、あはは、やっ、ははははは！」

緊張感に満ちた森の中で、私の笑い声だけが空しく響き渡る。

くねくねと動く蔓。手足を拘束されている状態なので、抗えない。

蔓の行動はそれだけではなかった。

「あははは、えっ、うわっ、ひゃあ～～！」

左右にぶらぶらと、揺れ始めたのだ。多分、ウルガスの攻撃を回避するためだと思われる。

くすぐったいし、目は回るし、もう、ダメ――。

意識を失いそうな中で、アメリアの咆哮を耳にする。空気がびりびりと震えるような、低い鳴き方だった。

『クエエエエエ!!』

バサリと、大きな羽音が聞こえた。

アメリアは地面を蹴ると、ふわりと飛び上がった。

『──クエエエエッ!!』

バサリ、バサリと羽ばたき、こちらへ近付いてくる。

空を飛べたなんて、びっくりだ。拘束されているのも忘れて、「すごい、アメリアすごい！　空、飛んでる！」と叫んでしまった。

飛んで接近したアメリアは、蔓に噛み付く。

『クエックエ！』

アメリアが「貴様、何奴《なにやつ》！」と叫んでいた。ビクリと、蔦が震えるのがわかった。

そうこうしていると、別の場所から新たな蔓が出てきてアメリアに接近する。

「──メル、アメリア、動かないで！　一瞬だけ」

リーゼロッテの叫びを聞き、体をピンとさせる。

アメリアが退避したその刹那、ヒュンと風を裂く音が聞こえた。ドスリ！　と木の幹に何かが刺さる。体を捻り、音がしたほうへ視線を向ければ、矢が蔓を貫通し木に刺さっていたのだ。これは、もしかしなくてもウルガスの矢だ。

その後、続け様に矢は放たれ、蔓は千切れる。

ウルガス、さすがだ。と、感心していたら突然、締められていた手足と胴が自由になった。

「――ぎゃっ！」

『クエエ～』

落ちる！　と思ったけれど、アメリアが身を挺して受け止めてくれた。

「ぐえっ！」

『クエエ～』

着地は成功！　だけど、そこそこ勢いがあったので、ごろごろと地面を転がった。

大きな木の幹にぶつかって停止する。

「ウッ！」

「メル！」

「リスリス衛生兵！」

ウルガスとリーゼロッテに支えられて起き上がる。その脇を、ベルリー副隊長が走り抜けた。

どうやら、笑い蔦を完全に倒したわけではなく、逃げられてしまったらしい。

足の速いベルリー副隊長が追い、ガルさんもあとに続いていた。

灰色狼《グリ・ヴォルフ》の討伐は完了したようだ。

「あ、うわ……」

放心状態であったが、アメリアが心配そうに顔を覗き込んできたのでハッとなる。

「アメリア、あなた、すごい！　空、飛べるようになったんですね!!」

『クエクエ～！』

アメリアは再度、地面を蹴って翼をはためかせる。すると、ふわりと浮かんだ。くるくると、私の頭上を旋回している。

良かった。一度は折れてしまった翼だけれど、空を飛ぶことはできたのだ。感激して、目頭が熱くなる。

アメリアの翼を治療してくれたリヒテンベルガー侯爵には、お礼を言いに行かなければならない。

本当に嬉しい。

地面に降り立ったアメリアを、ぎゅっと抱きしめ、羽毛に顔を埋《うず》めた。

『クエ～』

「助けてくれて、ありがとうございました」

『クエ！』

アメリアは「いいってことよ！」と言っていた。ウルガスにも、お礼を言う。

顔を上げると、ザラさんが近付いてきていた。

「メルちゃん、大丈夫だった？」

「あ、はい、おかげさまで」

「良かった……」

い、いや、良かったのか？

私はザラさんの斜め後ろに視線を移し、ぎょっとしながら思う。

そこには、血まみれの剣を手にしたルードティンク隊長が、いつもより怖い顔で立っていたのだ。

「おい、ザラ」

ルードティンク隊長はザラさんの肩を掴み、振り返った瞬間に頭突きをかます。

が、ここで想定外の事態となった。

頭をぶつけたほうのルードティンク隊長が額を押さえ、苦悶の声を漏らしたのだ。

「——っ、痛《い》ってえなあ、この石頭！」

ルードティンク隊長よりもザラさんのほうが、頭は固かったらしい。ちょっと笑いそうになったけれど、唇を噛んで我慢した。

「くそ……」

「ごめんなさい、頭が固くて」

「お前、何食ったらそんなに頭が固く……って、そうじゃねえ！」

ザラさんは私が笑い蔦に捕えられてしまった瞬間、灰色狼《グリ・ヴォルフ》から目を離した。それは、命取りになる行動だったのだ。

「次に、こういうことをすれば、お前は第二部隊から脱隊してもらう」

「ええ、わかったわ。二度とないように、気を付けるから」

ルードティンク隊長はバン！　と、ザラさんの肩を叩く。「頼むぞ」と、脅すように言っていた。

次に、私に怖い顔を向けた。

「リスリス、お前は――」

顔が怖すぎる。多分、今までの中で一番恐ろしい。

額にぶわりと嫌な汗が浮かび、心臓がバクバクと鳴っていた。

「用心しろよ」

「は、はい」

頭突きと怒鳴られる覚悟を決めてルードティンク隊長を見上げていたが、お小言はそれだけだった。

シンと、静かな森に戻る。

ルードティンク隊長は地面を掘って、灰色狼《グリ・ヴォルフ》の骸《むくろ》に土を被せていた。ザラさんも手伝う。

安心したからか膝の力が抜け、その場にくずおれてしまった。

『クエクエ！』

今度はアメリアが体を支えてくれた。

「す、すみません」

『クエ～～』

灰色狼《グリ・ヴォルフ》との戦闘からの、笑い蔦に捕らわれるという一連の出来事は、私の図太い神経をゴリゴリと削いでくれたのだ。

「ルードティンク隊長、この蔓、何だかわかります？」

ウルガスは木に登り、矢に刺さっていた笑い蔦を引き抜いてきたようだ。

蔓の太さは成人男性の親指くらい。色は黄緑。棘などはなく、断面は外皮と同じ色をしていた。動き出したり毒などがあったりしたら大変なので、蔓は瓶の中に入れて、聖水漬けにする。

「怪植物《モンス・フィト》の蔓とは違うような気がする」

かの、根菜系魔物の蔓は濃い緑色だったらしい。そして、中身はゼリー状のようになっていたとか。今回の蔓とは、見た目と中身が違っていた。

「リスリス衛生兵、何か、蔓の先にある物とか見えなかったですよね？」

「すみません、宙づりにされていて、いまいち状況が把握できず」

「ですよね」

すぐ下にいたリーゼロッテやアメリアも、蔓しか見えなかったらしい。深まる謎。

瓶の中の蔓を囲み、ああじゃない、こうじゃないと話していたら、ベルリー副隊長とガルさんが戻ってきた。追跡したが、見つけることはできなかったらしい。

「逃げた方向は把握している。くまなく捜すしかないだろう」

キリッとした顔でルードティンク隊長は言っているけれど、どうしてこの任務を一日で終わるかもしれないと口にしたのか、理解に苦しむ。まあ、怪植物《モンス・フィト》の仕業だと思っていた可能性は高いけれど。

一度道を戻り、先ほど通過した森の少しだけ開けた場所に向かう。ベルリー副隊長が私達へ指示を出す。

「リスリスとリヒテンベルガー、アメリアはこの場に待機」

「わかりました」

「了解」

『クエ！』

リーゼロッテが結界を張ってくれるので、心配はないだろう。

どうせ、ついていっても足手まといになる。

私とアメリア、リーゼロッテを残し、ルードティンク隊長達は笑い蔦の再捜索に向かった。

ちょうど、リーゼロッテが結界を張った辺りに、樹液楓《アルセ》があった。せっかくなので、樹液を採取することにした。

ナイフで数回切りつけると、じわじわと蜜が溢れる。ヘラで掬い、瓶に垂らす、地味な作業を繰り返した。

一時間ほどで、瓶が満たされる。若干木くずなどが浮かんでいるけれど、濾す道具がない。

「それ、どうするの？」

「暇なので、煮詰めてみようかと思いまして」

「ふうん」

その辺にあった石を積み上げ、簡易かまどを作る。この前作った泥炭燃料を入れ、リーゼロッテに火を熾こしてもらった。

かまどに鍋を置き、採れたての樹液を入れた。ぐつぐつと音を立てて煮立つ樹液。ふわりと、甘い香りが漂う。しばらく煮込んだら、樹液は煮詰まって無色から琥珀色に変化していった。

三十分ほど煮詰めると、キラキラと輝く蜜が完成した。

「では、お昼にしましょうか」

「そうね」

ルードティンク隊長達はパンと干し肉を持って出かけた。多分、どこかで食べているだろう。

時計を見ると、お昼はとうに過ぎていた。蜜の色の変化を見るため、時間を忘れてぼんやりと鍋の中を見入っていたのだ。

アメリアは鞄を漁り、干し果物の入った革袋を探し当てていた。

私は丸いパンを取り出し、切り分ける。

そして、できたての蜜をたっぷりとパンに塗って頬張った。

「う～～ん！」

煮詰める前のものよりコクがあって、甘みに深みが増していた。香ばしさもさることながら、鼻に抜ける香りがたまらない。

ふかふかのパンとよく合う。甘いのにくどくなく、何枚でも食べられそうだった。

甘いパンのあとの、しょっぱい干し肉もまたおいしい。

普段は一枚食べたら満足するのに、続けて三枚も食べてしまった。

リーゼロッテも気に入ったようで、王都に帰ったら買いに行くと張り切っていた。

金貨一枚の蜜を、本気で購入検討しているらしい。恐ろしや。

樹液を煮込んだ鍋に水を入れて、沸騰させる。洗いに行けないので、これで綺麗にするのだ。

しかし、これもいい香りがする。

カップに注いで飲んでみたら、ほのかな甘みがするお湯だった。これはこれでおいしい。

アメリアも飲むというので、注いであげた。

ふうふうと冷ましながら飲む様子は、可愛らしいの一言だろう。

「それはそうと、ルードティンク隊長達、大丈夫ですかね」

「あの人達が負けている姿、想像できないけれど」

「確かに」

それでも、どうか無事に帰ってきてほしいと、祈りを捧げる。

それから一時間後に、ルードティンク隊長達は戻ってきた。

「――酷い目に遭った」

珍しく、ベルリー副隊長が疲れた様子で漏らす。

「え？」

ルードティンク隊長の手には、驚くべき生き物が握られていた。

「それは……」

ルードティンク隊長が片手で握りしめているのは、白い毛並みで耳が丸く、胴が長い
――白鼬《ガレー》？

白鼬《ガレー》の毛は保温性が高く、ふわふわで毛並みも美しいことから、最高級品毛皮として流通している。

今回の騒ぎは、この白鼬《ガレー》（？）が原因だとか。

これは、幻獣？

横目でリーゼロッテを見たが、嫌悪感剥き出しの表情でジタバタと暴れる白鼬《ガレー》を睨んでいた。これは聞くまでもなく、幻獣ではないだろう。

「ルードティンク隊長、あの、それ何ですか？」

「高位の妖精らしい」

「ええ〜〜⁉」

どこから見ても、ただの獣にしか見えないけれど。もしや、深い緑色の目には知性が
――？

『コノ、コノ、離シヤガレ、山賊風情ガ！』

キイキイ声で喋る白鼬《ガレー》。これが妖精とは。う〜〜ん。

それにしても、妖精にまで山賊呼ばわりされるルードティンク隊長はいったい……。一応、伯爵家生まれの高貴な身分のお方なのに。

「リスリス、お前、なんか甘いもん食ってただろ？」

「はい、樹液を煮詰めてシロップを作っていました」

「その甘い匂いにつられて、出てきたんだ」

「そ、そうだったのですね」

ちなみに、最初は革袋に詰め込んでいたらしいが、魔法で紐を解《ほど》いて逃げようとするので、ルードティンク隊長が握って捕獲している。

「こいつはとんでもない食いしん坊で、食べ物を欲しいがために人間の荷物を狙っていたんだ」

「なるほど。だから、私が襲われたんですね」

食料係たる私が襲われたのは必然だったのだ。問題となる悪い妖精は捕獲したので、一件落着らしい。

ルードティンク隊長は「はあ〜」と長い溜息を吐き、私にあることを命じる。

「腹が減った。リスリス、何か作ってくれ」

「もしや、食事を取る暇がなかったのですか？」

「ああ」

「なるほど。お疲れ様です」

温かいスープと、煮詰めた樹液を使って何か作ろうかと考えていたら、ガルさんが何かを差し出す。

「えっ、どうしたんですか、これ？」

ガルさんの手の中には、キノコや木の実などがたくさんあった。

「わあ、すごい！」

キノコの中に、雪茸《シャンピニオン》がある。これは王都では高級キノコとして売られているのだ。

「ガルさん、ありがとうございます！」

休憩時間に集めてくれたらしい。これを使って料理を作ろう。

鍋に水を張り、ナイフで雪茸《シャンピニオン》を削いで投入。猪豚《スース》の燻製肉と干し肉も入れた。他にも、乾燥芋などを加え、塩コショウ、香辛料などで味を調えた。

木の実は潰して皮を剥き、乳鉢で粉末にしていく。

粉末状にした木の実に水、小麦粉、砂糖、塩少々を入れ、練るようにして混ぜた。

もう一ヶ所、簡易かまどを作る。

火に浅い鍋をかけて、生地を焼く。大きさは一口大くらい。一気に三枚焼いた。

こんがりと焼き色が付けば、木の実のミニパンケーキの完成だ。樹液の蜜をかけて食べる。これだけでは甘いので、先ほどガルさんに採ってもらった甘酸っぱい冬苺《フレサ》を添えた。

というわけで、簡単だけれど、料理が完成した。

パンケーキは食後の甘味扱いなので、一人二枚ずつ。スープはパンと一緒に食べてほしい。

寒空の下、敷物を敷いて食事を取る。

「ルードティンク隊長はどうやって食べるんですか？」

ウルガスの素朴な疑問。ルードティンク隊長は右手に白麺《ガレー》を握っているのだ。このままでは食事が困難だろう。それよりも――。

『オイ、山賊！　ソコノ焼イタ、甘イ匂イノヤツ、ヨコセ！』

何というか……すごく活《い》きがいい。ジタバタと暴れながら、パンケーキを所望する白麺《ガレー》。

ルードティンク隊長は無視している。

「ずっとこんな感じだ。だから、こいつから手を離すわけにはいかない」

利き手でないほうでは、食べるのは困難だろう。

「だったら、私が食べさせ――」

「ルードティンク隊長！　先ほどのお詫びに、私が食べさせてあげる」

挙手して提案しようとしたが、私よりもやる気がある人がいた。ザラさんだ。ルードティンク隊長の隣に座り、スープを装った器を持ち上げる。匙で掬ってルードティンク隊長の口元へと持っていった。

「ふうふうしたほうがいい？」

「止《や》めろ。気持ち悪い」

ザラさんはあつあつのスープを、ルードティンク隊長の口元に持っていく。

そういえば、猫舌だったような気がしたけれど――。

「熱《あ》っつ‼」

　唇に熱いスープが触れ、ルードティンク隊長はビクリと反応する。匙にあったスープは、溢れてしまった。

　被害はルードティンク隊長だけではなかった。

『ギャア、アツアツノ、スープガ、零レテ、アタ、頭ニイイイイ～～‼』

　スープは白鼬《ガレー》にもかかる。

「あら、ごめんなさい」

「スープはあとにする。まずはパンを寄こせ」

「はいはい」

　ザラさんは樹液の蜜をたっぷりと塗って、ルードティンク隊長に差し出したが、甘いのが苦手なので、ぷいっと顔を逸らした。

「あら？」

「俺が甘い物苦手なの、知っているだろうが」

「好き嫌いはダメ」

　ここぞとばかりに、白鼬《ガレー》が手を伸ばす。

『オレハ、好キ！　甘イノ』

「お前の分はない」

『ヒドイ……』

何だろうか。この、ルードティンク隊長とザラさん、白鼬《ガレー》の面白いやりとりは。

「メル、スープが冷めるわよ」

「あ、そうですね」

リーゼロッテに指摘されて、ぼんやりしていたことに気付いた。

温かいうちにスープをいただくことにする。私とリーゼロッテは先ほどパンを食べたばかりなので、味見をするような量を注いでいたのだ。

雪茸《シャンピニオン》の食感はコリコリ。香り高く、濃厚ないい出汁がスープに溶け出している。非常においしいキノコだ。

木の実のパンケーキは、ふっくらモチモチしていて、木の実の香ばしさがいい。樹液楓《アルセ》との相性も抜群だ。

「リスリス衛生兵、これ、おいしいですねえ」

「素材の力の大勝利ですね！」

満足いただけた模様。私はザラさんの冷めてしまったスープを、もう一度温めに行く。

「メルちゃん、ありがとう」

「いえいえ」

ちなみに、ルードティンク隊長は冷めたスープを飲んで、「まあまあだ」という感想を口にしていた。

そりゃ、おいしいスープも冷めたらまあまあな味わいになるだろう。ぐぬぬと、悔しい気分になる。

ルードティンク隊長はパンケーキまでしっかりと平らげ、完食していた。

『死ヌ～～、オ腹ガ空イテ、死ヌ～～』

若干気の毒になる。リーゼロッテに本当に死んでしまうのかと、質問してみた。

「死なないわ。妖精ですもの」

妖精は大気中にある魔力を摂取して生きている。そのため、食べ物を摂る必要は皆無とのこと。

「まあ、食料に溶け込んだ魔力を摂ることもできるだろうけれど、そういう効率の悪いことはしないと思うの。変な妖精ね」

食品に溶け込んでいる魔力はごく微量らしい。なるほど。勉強になった。

ちょっと可哀想かなと思ったけれど、騙されてはいけない。ルードティンク隊長の対応は正解だったのだ。

そんなわけで、無事、笑い蔦の原因となっていた悪い妖精を捕獲した。

このあと、白鼬《ガレー》は騎士隊に突き出すことになる。

「しかし、どこが引き取るんですかねえ」

ウルガスはリーゼロッテを見る。幻獣保護局が妥当だと思ったのだろう。

「これ、幻獣じゃないから、お断りよ！」

「見た目は幻獣っぽいですけど？」

「ぜんぜん違うわ！」

首を傾げるウルガス。私も、幻獣と妖精の区別はつかない。

「幻獣は誇り高く、優しい生き物なの。こんな風に、人を困らせたり、悪事を企んだりなんかしないいんだから！」

その主張を聞いたら、幻獣と妖精の違いを理解できる。確かに、見た目ではわからなくても、態度や言動はずいぶんと違う。

「おい、喋っていないで、さっさと帰るぞ」

「は～い」

「了解です」

太陽が沈む前には帰りたい。体が冷え切っているので、さっさと寮の温かいお風呂に浸かりたい気分だ。

管理人に報告をすると、すごく驚かれた。そして、ありがとうと、お礼も言われる。さらに、お土産として、ビン詰めの樹液楓《アルセ》を戴いた。

ホクホク状態で帰宅となる。

帰りはガルさんと、ベルリー副隊長の安全運転だった。

王都に辿り着いたのは、夕刻の鐘が鳴り響く時間帯。道行く人達は、忙しない様子を見せていた。

『クソ～～、山賊メ～～、許サンゾ！』

白鼬《ガレー》は相変わらず、ルードティンク隊長に掴まれた状態で、抵抗していた。

果たして、これをどこが引き取ることになるのか。

若干気になるところだ。

猪豚《スース》の葉包み焼き

翌朝、休憩所に顔を出したリーゼロッテは、げっそりとしていた。

「おはようございます」

「おはよう」

どうかしたのかと聞けば、うんざりとした様子で話し始める。

「昨日の妖精、幻獣保護局に押し付けられたの」

「うわあ」

やっぱり、という言葉は呑み込んでおく。

「それで、お父様が家に連れて帰ってきて、家をめちゃくちゃにされて……」

「大変でしたね」

最終的に、リヒテンベルガー侯爵が強制契約を結んだらしい。

今はリヒテンベルガー侯爵家で大人しくしているとか。

「あんなの、幻獣でもなんでもないのに……。お父様も満更じゃない感じで」

親子の溝は、ますます深まっているようだ。

リヒテンベルガー侯爵は幻獣好きというよりは、可愛い物好きの可能性も……。白鼬《ガレー》は
ふかふかで見た目は愛らしい。性格は生意気だけれど。

厳しいリヒテンベルガー侯爵の監視のもとでは、悪さもできないだろう。それどころか、
贅沢な生活ができるに違いない。この契約はいいことだったのでは？

「妖精じゃなくて、幻獣が家に来てくれたら良かったのに……」

切なげに呟く。

悲しげな様子に気付いたからか、アメリアは珍しくリーゼロッテに近付いた。

『クエ？』

「え？」

普段、寄ってくることはないので、驚きの表情でアメリアを見た。

そして、私に通訳を求める。

「え～っと、大丈夫？　私をモフモフする？　って聞いています」

「そ、そんな」

リーゼロッテは顔を真っ赤にしながら、頬に手を当てる。

「ほ、本当に、いいのかしら？」

「存分に撫でたらいいですよ」

「嘘……、ゆ、夢みたい……」

リーゼロッテは慎重な手つきで、アメリアの嘴の下の羽毛に手を伸ばす。

まずはそっと撫でるだけ。次第に指先を埋め、櫛で梳《す》くように動かす。

リーゼロッテの撫で方が上手いのか、アメリアは目を細めて気持ち好さそうにしていた。

「あ、ありがとう。アメリア。とっても綺麗で、滑らかな羽毛だったわ」

『クエクエ！』

褒められて嬉しかったのか、「いつでもモフモフしていいよ！」と言っていることを伝えた。

「そんな……嬉しい……」

リーゼロッテは感極まって、涙を眦《まなじり》に浮かべる。そんなに喜んでくれるなんて。

――と、ほっこりするような交流をする私達を、羨ましそうに眺める人物の様子が視界の端に映った。言わずもがな、ウルガスだ。

「リスリス衛生兵、俺も、何か落ち込んでいます」

「はい」

「どうすればいいでしょうか？」

「え～っと」

アメリアを見る。ウルガスのほうを指差せば、ぷいっと顔を逸らした。

そして、止めの一言。

『クエクエ！』

曰く、「ウルガスはダメ！」とのこと。

伝えなくてもわかるのか、ウルガスはがっくりと肩を落とす。

「しかし、リスリス衛生兵とアメリアさんの意思の疎通はすごいですよね」

「契約の力ですよ」

耳からは『クエクエ』としか聞こえないが、意味が何となく伝わってくるのだ。リーゼロッテに聞いたら、契約を結んだ結果、可能となる場合があるらしい。

「ってことは、全員が全員、契約を結んだからといって、喋っていることがわかるわけじゃないんですね」

「そうみたいです」

ザラさんは山猫《イルベス》の喋ることはわからないと言っていた。契約といっても、いろんな形があるようだ。

始業開始を告げる鐘が鳴り響く。リーゼロッテ、ウルガス、アメリアと共に、執務室へと向かった。

本日は訓練を行う日だ。近接戦闘が不得手なウルガスは嫌そうな顔をしていた。リーゼロッテは自分もするのかと質問する。

「当たり前だ」

そう。この訓練はもれなく全員参加なのだ。女性陣はベルリー副隊長に習う。

騎士隊の訓練所を借りて半日行うのだが、これがきついの何の。

「まさか、わたくしまで巻き込まれるなんて」

「これは対人の訓練なので、仕方がないですよ」

もうすぐ王都のお祭りがある。その時、遠征部隊である私達も警邏《けいら》部隊の応援として駆り出されるのだ。

まず、訓練場を走って体を慣らす。

信じられないくらい足が遅いので、ガルさんに抜かれ、ルードティンク隊長に抜かれ――あっという間に周回遅れとなる。

「メルちゃん頑張って」

「はい～～」

ザラさんに応援され、その後、ベルリー副隊長に追い抜かれる。続いて、ウルガスがやってきた。

「リスリス衛生兵、大丈夫ですか？」

「……はい」

「頑張りましょう」

ウルガスはまだ余裕があるようで、颯爽と駆け抜けていった。

『クエ～～』

「えっ⁉」

なんと、アメリアにまで追い抜かれるとは。意外と持久力があるようだ。

しかし、今回、私よりも運動音痴がいることが発覚した。リーゼロッテだ。

走ったのは十五分ほどだったが、終わったあと顔を真っ赤にして、今にも倒れそうに見えた。

「リーゼロッテ、訓練は見学しますか？」

「いいえ、わたくしも、参加を……」

「では、少し休んでからにしよう」

私も初めて訓練に参加をした時、リーゼロッテと同じような脱水症状だった。まともに水分補給もしていなかったので、寮に帰ったら具合が悪くなってしまったのだ。

今日は前日から訓練を行うと聞いていたので、ある物を用意していた。

蜂蜜檸檬水《ミエレ・リモン》！

これは水分補給をして、かつ健康になり、美容にも良い最高の飲み物なのだ。

蜂蜜《ミエレ》には疲労回復効果があり、檸檬《リモン》は代謝を促進し、肌の染みや皺を防いでくれる。さんさんと太陽の光が降り注ぐ中で、ぴったりの飲み物だろう。

作り方は簡単だ。沸騰させた湯に蜂蜜《ミエレ》を溶かし、塩を一つまみ入れる。熱が引いたら、皮ごと輪切りにした檸檬《リモン》と搾った檸檬《リモン》を投入し、混ぜて一晩冷暗所に放置。翌日、濾せば完成だ。生姜《ゼンゼロ》を入れて、温めて飲んでもおいしい。

「はい、どうぞ」

「いえ、喉は渇いていないの」

「でも、飲んでください。体は無意識のうちに水分を欲しているのです」

ベルリー副隊長も飲んだほうがいいと勧めてくれたので、リーゼロッテは瓶を受け取って栓を抜く。

「えと、何か注ぐ器は……」

「すみません、忘れました」

そのまま飲んでくれと言ったら、微妙な顔を向けられる。

「両手を器にして飲みますか？　手の平がべたべたになりそうですが」

「……まあ、瓶に直接口を付けるよりはましね」

両手を器のようにしたリーゼロッテの手に、蜂蜜檸檬《ミエレリモン》水を注ぐ。

おお、指先の隙間からすごい零れている。もったいない。

「リーゼロッテ、早く飲んでください」

「え、ええ」

慌てて口を付けて飲むリーゼロッテ。瓶の半分ほどを飲んでもらった。

「どうでしたか？」

「慌てて飲んだから、味なんかわからなかったわ」

「そ、そんな」

私は瓶に口を付けてごくごくと飲む。うむ、うまい。

ベルリー副隊長からも「おいしく飲みやすい」と褒めてもらった。

アメリアにも飲ませようかと思ったけれど、器がないのでどうしたものか。

「だったら、わたくしの手を貸しましょうか？」

「いいのですか」

「ええ、もちろんよ」

なんという親切なお嬢様なのか。

リーゼロッテは地面に膝を突き、アメリアが飲みやすい高さに手の平を持っていく。

蜂蜜檸檬水《ミエレ・リモン》を注げば、アメリアは尻尾を振りながら飲んでいた。

『クエ～～』

どうやらお気に召した模様。リーゼロッテにも、優雅に頭を下げながらお礼を言っていた。なんて律儀で品のある鷹獅子《グリフォン》。年頃になれば、周囲は放っておかないだろう。

休憩を経て、訓練をまた開始する。

男性陣はすでに開始していた。ガルさんがルードティンク隊長を投げ飛ばす様子を見て、

「お～」と感嘆の声を漏らす。

「やだ……。わたくし達もああいうの、しなきゃいけないの？」

「いや、覚えてもらうのは基本的な体術だから安心してほしい」

まず、ベルリー副隊長は人間の急所について説明した。

「上から、まず、こめかみ。ここに衝撃を受けると、平衡感覚を失う。次に、乳様突起。耳の後ろにある突起した骨だが、これも攻撃を受けると平衡感覚が狂う。あと、顔面では人中という、唇と鼻の間にある部位。ここを打つと呼吸困難になる。あとは顎、強く打てば失神する」

この辺は打ち所が悪くなると、生命の危機に繋がるので、攻撃するのは最後の手段にするように言われる。

他にも数ヶ所、急所を伝授してもらった。

「まあ、二人の様子を見ていたら、体術などあまり向いていないだろう」

私とリーゼロッテの運動音痴はバレていた。

「ベルリー副隊長、どうすれば上手く対処できるのでしょうか？」

「そうだな――」

ベルリー副隊長はルードティンク隊長がいる方向を見る。

ああいう大柄の男性が暴れ回っていたら、拘束することは不可能だろう。そう思っていたが――。

「一つだけ、方法がある」

私とリーゼロッテ、アメリアは、固唾《かたず》を呑んで話を聞いた。

ベルリー副隊長は遠い目をしながら、語り始めた。

「金的だ」

「あ～～」

「え、何なの？」

私はすぐにピンときたけれど、リーゼロッテはわからなかったようだ。

確かに、ルードティンク隊長でも、そこを攻撃すれば一発で沈むだろう。

金的の部位がどこかわからないリーゼロッテのために、ベルリー副隊長がはっきりと伝えた。

「――というわけだ」

「えっ、そうなの？　し、知らなかったわ」

リーゼロッテは眼鏡の位置を直し、頬を赤らめながらちらりとルードティンク隊長を見る。

「わたくしにも、ルードティンク隊長を倒せるのね」

体術に関して絶望的な様子を見せていたリーゼロッテだったが、自信がついたようだ。

「あの、一度だけ、ルードティンク隊長相手に技を試してみることはできるかしら？」

リーゼロッテの質問に、ベルリー副隊長がすっと目を細めながら答える。

「……気の毒だから、それは容赦してやってほしい」

パチパチと目を瞬かせ、「すごい技なのね」と呟くリーゼロッテだった。

＊

ザラさんと話し合った結果、私の魔力値についてルードティンク隊長とベルリー副隊長に相談することに決めた。

終業後、話があると伝えてある。二人が待っている執務室へと向かった。

「すみませんでした。突然お時間をいただく形になって」

「まあ、構わん」

ルードティンク隊長は執務机の椅子に腰かけ、ベルリー副隊長は直立不動でいた。

話をしなければならないのに、上手く舌が回らない。

気まずい沈黙だけが続く。

それを破ったのは、ルードティンク隊長だった。

「――それで、いつ結婚するんだ？」

ルードティンク隊長の思いがけない一言に、目が点となるザラさんと私。

アメリアは、『クエ～～』と間延びした声を上げる。「結婚じゃないよ」と呟いていた。

「急だったな。まあ、若いうちから家庭を持つのもいいだろう。リスリス衛生兵はどうするんだ？　仕事は続けてくれたらありがたいが、そうもいかないだろ――」

「ま、待って、違うわ！」

ザラさんは顔を真っ赤にしながら、ルードティンク隊長の言葉を制する。

「違うって……何がだ？」

「あの、すみません。今日の報告は結婚についてではありません」

部屋の中はさらに気まずい雰囲気となる。

私とザラさん、揃って話があるというので、結婚報告だと思っていたらしい。どうしてそうなった。

ベルリー副隊長は窓の外に視線を移し、遠い目をしていた。

「結婚じゃなかったら何なんだ？　まさか、揃って他の部隊に行きたいとか言うんじゃないよな？」

ルードティンク隊長は焦った表情となる。

頭突きをしたのが良くなかったのかとか、馬車の運転が雑だったのかとか、それとも、顔が怖いからかとかブツブツと反省点を呟いていた。

「訓練で投げたことだろうか、それとも、荷物運びを命じたことなのか。いや、やっぱりこの前の頭突きか……」

その思考に、ベルリー副隊長が待ったをかける。

「ルードティンク隊長、どうやら違うようだ」

「いや、頭突き以外思いつかん」

「そうではなく」

さすが、ベルリー副隊長だ。私達の微妙な表情の機微を読み取り、話を先に進めてくれる。

ベルリー副隊長はゆっくり話をしようと提案し、休憩所に移動した。

小腹が空く時間なので、お茶と軽食を用意した。

紅茶とビスケットを卓子に置き、長椅子に座って話を始める。アメリアには乾燥果物を与えておいた。

「――で、いったい何なんだ？」

「実は、メルちゃんの魔力についてなんだけど」

私の魔力値については、ルードティンク隊長も人事からの書類を見て覚えていたのだろう。別に魔力がなくても困っていないがと、言ってくれる。

「ええ、そうなんだけれど、この前、大変なことが明らかになって」

ザラさんは先日の休日に起きたことを、語って聞かせた。

「メルちゃんは、測定器での魔力量の最大値を示す、赤色が出たの」

ルードティンク隊長とベルリー副隊長は瞠目し、表情は驚き一色となった。

「赤色の魔力値なんて……。そういえば、隊の測定はどうしたんだ？」

「医術師の先生の診断書があったので」

王都に行く際、村長より手渡された必要な書類の中に魔力の診断書も入っていたのだ。

そのため、騎士隊での検診は免除された。

報告を聞いたルードティンク隊長はさらに目を見開き、ベルリー副隊長は顔を伏せる。

「ザラ、お前の見間違いではないのか？」

「いいえ、間違いないと」

「そうか……」

ザラさんは以前、住宅物件についてルードティンク隊長に相談していたらしい。条件が鷹獅子《グリフォン》の住める家だったので、結婚すると思ってしまったのだとか。

まさか、私とザラさんが恋仲だと勘違いされていたなんて。

ありえないだろう。私みたいなちんちくりんエルフと、雪国美人で料理も上手い、刺繍と裁縫の腕は職人並みで穏やかなザラさんが結婚だなんて――とここまで考えてふと気付く。ザラさんの良妻感ハンパないと。

しばしの沈黙。

私は紅茶を飲み、ビスケットを齧った。先ほどから、お腹の音が鳴らないか、ひやひやしていたのだ。

通常ならば、とっくの昔に食事を終えている時間である。ポリポリと、ビスケットを齧る音だけが聞こえていた。どうやら、お腹が空いていたのは私だけだったらしい。

それにしても、ビスケットおいしいなあ。

これはザラさん手作りの、生姜《センゼロ》入りのビスケット。ピリッとしていて香ばしく、ほんのり甘い。

ビスケットを味わっている場合ではなかった。話は本題に戻る。

「この前のスライムに狙われた件は、やはり魔力量を見ての行動だったのか」

「多分、そうかと」

ルードティンク隊長は深い溜息を吐く。ベルリー副隊長も額に手を当てて、眉間の皺を解《ほぐ》していた。

「これを上に報告すれば、お前は確実に異動になるだろう」

「それは嫌です」

私は第二部隊だからこそ、何とか騎士をやっていけているのだ。他の部隊で仕事をする気なんて、まったく考えていない。

「幸い、魔力量報告について入隊時は問答無用で測定するが、以降は行わない。魔力量の増加に気付いても、報告しなかった場合の罰則はない。加えて、魔法研究局が保持者を無理矢理拘束する力はないので、その辺は安心しろ」

「良かったです」

意外にも、ルードティンク隊長は魔法研究局についてや、法律について詳しかった。

まあ、上に立つ人なので、知識があるのは当たり前だけれど、普段の山賊っぷりを見ているので、つい。尊敬値がぐっと上昇した。

ルードティンク隊長は話を続ける。

「ここの部隊にいてくれることはありがたい。嬉しいことだ。だが――」

ルードティンク隊長は一度、言葉を切る。顔を顰め、苦虫を噛み潰したような表情を浮かべていた。

代わりに、ベルリー副隊長が話し始める。

「リスリス衛生兵は今、抜き身の剣を抱えているのと同じだろう」

「どういう意味ですか？」

「使い方を知らない武器は、己をも傷つける可能性がある。危険なのだ。大きな力をその身に持つということは」

ベルリー副隊長の言葉にハッとなる。そうだ。私は、魔力の使い方を知らない。今まで何もなかったけれど、この先も大丈夫だという保証はどこにもないのだ。

「私は、どうすれば――」

いまさら村になんか帰れない。

医術師の先生へと送った手紙の返事が、つい最近返ってきていたのだ。

私とザラさんの推測は当たっていた。村では、魔力量の多い者を厄災の生け贄《にえ》にする風習がある。そして、私が今までにない魔力を持っていることに気付いた先生は、それを隠そうとして、魔力なしと診断したのだ。

この件について、村長などに報告するつもりなんて毛頭ない。発覚すれば、私は村の魔力を持つ者と強制的に結婚させられてしまうだろう。

ここに来る前であれば、それも運命だったと受け入れただろう。

しかし、王都にやってきて、今までの常識が覆ってしまったのだ。

今後、フォレ・エルフの村の因習を受け入れることは不可能だろう。

やはり、魔法研究局に頼るしかないのか。

「いや、あそこは勧められない。おかしな奴らの集まりだから」

そうだろうと、頷いてしまう。口には出さないけれど、魔法研究局の局長ヴァリオ・レフラはヤバイ雰囲気をプンプンと漂わせていた。もしも捕まったりしたら、生体実験の素材にされるだろう。

「個人的には、魔法は覚えていたほうがいいと思う。悪用されないためにも。公表するか、しないかは自分で判断しろ。だが残念なことに、俺の知り合いに、弟子を取れるような魔法使いはいない」

ルードティンク隊長は眉間の皺を深めながら、そんなことを言った。一方で、ベルリー副隊長は悲痛な表情を浮かべながら話す。

「なかなか、条件が厳しいな。魔法が使えて、かつ、魔法研究局に所属しておらず、幻獣にも理解があって口が堅い人物など――」

それが、一人いるのだ。以前、ザラさんに相談した時と、同じ結論である。

その人物の名は、マリウス・リヒテンベルガー。

リヒテンベルガー侯爵――リーゼロッテのお父様に弟子入りをお願いするしかないだろう。

その名を出すと、ルードティンク隊長とベルリー副隊長は複雑な表情となった。きっと、私とザラさんも同じ顔をしているだろう。

「……辛いな」

「はい。ですが、リヒテンベルガー侯爵との間には、誤解があったのだと思います」

「それでも、罪のないリスリス衛生兵に手を上げたことは、許されることではない」

珍しくベルリー副隊長は感情を荒立たせていた。例の幻獣保護局との事件は、本当に痛ましいものだった。

あの時のリヒテンベルガー侯爵は、過去にされたことと重ね合わせ、動転していたのだと思う。

叩かれたことは今も許していない。できるならば、会いたくない相手でもあった。

けれど、アメリアの怪我を魔法で治してくれたし、王都は幻獣と暮らしやすい環境になっている。リヒテンベルガー侯爵のおかげだろう。

その点を考えれば、そろそろ許してもいいのではと考えていた。

「多分、頼れるのはリヒテンベルガー侯爵だけだと思うんです」

再度、部屋はシンとなる。皆、険しい表情でいた。

「――わかった。一度、俺が侯爵に話をしに行く」

「ありがとうございます」

その前に、ガルさんやウルガス、リーゼロッテに話をしてもいいかと聞いたら、問題ないだろうと言ってくれた。

私は深々と、ルードティンク隊長に頭を下げる。

「お手数おかけしますが、これからもよろしくお願いいたします」

「まったくだ」

ふんぞり返りながら答えるルードティンク隊長。ベルリー副隊長は眉尻を下げ、苦笑していた。

これで一歩前進だろう。この先どうなるかは、まだわからない。

とにかく、頑張るしかないのだ。

＊

翌日、ガルさん、ウルガス、リーゼロッテを食事に誘った。もちろんザラさんやアメリアも一緒である。

場所はいつもの食堂の個室。

「皆さん、すみません。いきなり誘ったりして」

「いいですよ、リスリス衛生兵。ここの食事、おいしいので」

明るく言ってくれるウルガス。いい奴だ。

ガルさんとリーゼロッテも、快く承諾してくれた。ついてきてくれたザラさんにも感謝だ。

「あ、そうそう。さっきここに来る前に、雑貨屋でこれを見つけて」

ウルガスが差し出したのは、チョコレート色のリボン。落ち着いていて、上品な色合いの物だ。

　ザラさんが、突然ガタリと立ち上がる。ジロリとウルガスを睨んでいた。

「ジュン、それ！」

「アメリアさんに似合うと思って」

「え？　アメリアに？」

「はい！」

　ウルガス……アメリアのためにリボンを買ってくれるなんて。ちなみに、ジュンというのはウルガスのお名前。ザラさんとシャルロット以外呼ばないので、忘れがちだ。

「このリボン、アメリアさんの尻尾とかに結んだら、可愛くないですか？」

「いいですね」

「この前の羽根のお礼にと思いまして」

「ありがとうございます」

　しゃがみ込んでアメリアにリボンを見せる。

「アメリア、ウルガスがリボン贈ってくれましたよ」

『ク、クエクエ！』

　アメリアは「こんな品物で、気を許すと思っているの？」と言っていた。

「いや、ウルガスはアメリアに触りたいからくれるんじゃないですよ。純粋に、似合うと思って贈ってきたんです」

『ク、クエエ～』

勘違いだとわかり、恥ずかしそうにしていた。そして、ぽつりと呟く。「だ、だったら、つけてあげなくもないけれど」と。良かった。

さっそく、尻尾に結んであげる。

「うわあ～、可愛いですね！」

ウルガスに褒められ、「ふふん」と満更でもないご様子のアメリア。私も今度、リボンを買ってあげようかな。妹達にも送ってあげたい。あと、ついでに自分の分も欲しい。

「この前の羽根のお礼でもあるんです。

ですって、と伝えたらアメリアはもじもじと照れているようだ。

「アメリア、そろそろウルガスを許しては？」

『クエ～』

別に許すとか、嫌いだとか、そういう感情はないらしい。ただ、「でも、恥ずかしいから……モフモフはダメ」とのこと。すごく……乙女だ。

「あ、すみません。食事にしましょう」

メニューを広げ、何を食べようかと考える。

まず、アメリアには果物の盛り合わせに、最近始めたらしい幻獣メニューの蜂蜜水《ミエレ》を頼

む。

私は猪豚《スース》の葉包み焼きを注文。リーゼロッテも同じ物でいいと言っていた。ガルさんは三角牛《カローヴァ》の炙り焼き、ウルガスは肉野菜定食、ザラさんは猪豚《スース》のシチューを頼んだ模様。

本日のパンは蜂蜜《ミエレ》を生地に練り込んだうずまきパンらしい。楽しみだ。

ほどなくして、料理が運ばれてくる。

猪豚《スース》の葉包み焼きは大きな葉っぱに肉と香辛料を包み、蒸し焼きにした物。紐で可愛らしくリボン結びされていた。

紐を解くと、ふわりと葉のさわやかな芳香が漂う。お肉と一緒に根菜類やキノコ類も包まれていた。

ナイフを当てると、すっと簡単に入っていく。驚くほど柔らかい。一口大に切り分けて食べる。

口にすれば葉の香りが鼻孔を抜け、噛めば肉汁がじわりと溢れる。香辛料を振っただけのシンプルな味付けだったけれど、野菜の甘みも染み込んでいて何とも美味。

「驚いたわ。葉っぱに包んだお肉って、とってもおいしいのね」

「ええ、本当に」

庶民の料理も侮れないと、リーゼロッテは感嘆していた。

蜂蜜《ミエレ》パンは優しい味わいだ。蜜の部分を噛むと、コクのある甘みが口の中にじゅわっと広がる。今度、樹液楓《アルセ》を練り込んだパンとか作ってみようかな。ひと瓶金貨一枚なので、調理の際に手が震えそうだけれど。

食後のゼリーを食べながら、本題に移ろうとしたが――。

「スライム……」

隣でリーゼロッテが、ぼそりと呟く。

そうだ。ゼリーの原料はスライムだったんだ。すっかり忘れていた。

他の人は平然と食べている。強い。

「そういえば、スライム工場ってどうなったのでしょうか?」

私の疑問に、ウルガスが答えてくれる。

「再開しているらしいですよ。膠は異国でも人気のようで、生産中止になったら経済に打撃を与えるそうな」

「な、なるほど」

職員を倍に増やし、結界も十分に張った状態で稼働再開しているらしい。騒ぎに巻き込まれた私達は微妙な気分だけれど。

「スライムと言えば、あの人、魔物管理局の局長が昼間、来ていたわね」

「そうなんですね」

どんな人かと聞いたら、怪しいおじさんだったと感想を漏らすリーゼロッテ。やはり、あの界隈のおじさんはそういう生き物なんだろう。

「何の用事だったのかしら？」

ここで、ガルさんが腰ベルトに装着してある小物入れから、瓶を取り出して卓子の上に置く。

「え？」

「うわ！」

「信じられない！」

『クエ？』

瓶の中に入っているのは、プルプルと震える橙色の——スライムだ！

「あれ、これってスライム工場の元工場長、アレキサンダー・レートさんの『スラちゃん』じゃないですか？」

ウルガスの指摘に、コクリと頷くガルさん。

なんでも、アレキサンダー・レートが騎士隊に逮捕され、世話をする者がいなかったので、鷹獅子《グリフォン》がいる第二部隊に託されたのだとか。

ガルさんにお世話を押し付けるなんて、酷い話だ。

魔物研究局の職員は、各々専門の魔物がいて、それ以外には興味を示さないらしい。なので、スラちゃんの世話をする人がいなかったようだ。

スラちゃんは瓶の三分の二くらいの量で、プルプルと震えている。

ちなみに、食事は一日三回。コップ一杯の水でいいらしい。

ガルさんはお冷やを手に取って瓶の蓋を開けると、中の水をすべて瓶に注いだ。

すると、ぶるぶると激しく震え、水分を取り込んでいくスラちゃん。水をすべて飲み、ケプーと息を吐く。

食事の世話と、一日一回の散歩をするだけだとか。散歩中は、魔法研究局が開発した、魔物用散歩紐を使うらしい。

魔物研究局より特別手当が出るようなので、ガルさんは引き受けたと話す。

「でも、失礼な人達ね。こんなことを頼むなんて」

「まあ、魔法研究局や魔物研究局の人達に常識を求めたら負けなんだろうなと」

それに引き換え、幻獣保護局はなんと平和なことか。彼らはただ、幻獣を愛で、保護のために尽くしているのだ。誰にも迷惑をかけていない。

リヒテンベルガー侯爵も、そこまで悪い人ではないのではと、思ったりもしている。

ここの食堂に幻獣用メニューができたのも、私達が通っているのを知っていたからだろう。

アメリアはリボンを結んだ尻尾を振りながら、「蜂蜜水《ミエレ》おいしいね」と言っていた。

「それでメル、話って？」

「あ、そうでした」

スライム話ですっかり盛り上がってしまった。

前置きが長くなってしまったが、私の魔力についての話をする。

「実は、この前魔力測定品で正しい魔力値を量ったのですが、赤色に染まってしまいまして」

「何ですって⁉」

ガタリと、リーゼロッテは立ち上がり、驚きの表情で見下ろす。

「魔力を抑制する魔道具……いや、魔技巧品を装備していないと、赤色レベルの魔力なんて、耐えられるわけが……」

「そんな高価な品、持っていないです」

「嘘……！　メル、本当なの？」

ここで、驚愕の事実が発覚する。

通常、多大な魔力を有する人は、体内の魔力を上手く管理できずに、病弱だったり、癇《かん》癪《しゃく》もちだったり、魔力暴走を起こしたりと、自らや周囲に多大な影響を及ぼすらしい。

そこで、魔力の力を抑える効果がある、魔道具や魔技巧品を装備する。

魔道具は道具に呪文を刻み、祝福を与えた物で、魔技巧品は未知なる技術を用いて作られた、貴重な魔道具。双方高価で、庶民が手に入れることなど困難な品々なのだ。

「だったら、メルは自分で魔力を制御していたってこと？」

「わかりません。というか、いまだに魔力測定晶の量り間違いではと思う時もあります」

ザラさんの魔力測定晶は壊れてしまったので、再測定はできなかったのだ。

「――わかったわ。だったら、わたくしの家についてきてくれるかしら？」

「まさか、リヒテンベルガー侯爵にご相談ですか？」

「ええ。魔法研究局の局員よりは、信頼できると思うの」

「あ、でも、ルードティンク隊長がまず話をしてくれると言っていて」

「命にかかわることだから、早いほうがいいわ」

私はリーゼロッテの提案を受け入れる。というか、ありがたい話だった。

＊

――そんなわけで、リーゼロッテのお屋敷にお邪魔をすることになった。

ここで、ガルさんとウルガスとはお別れとなる。ザラさんはついてきてくれるらしい。

当然ながら、アメリアも同行させる。

「では、健闘をお祈りしています」

ウルガスは敬礼と共に、私達を見送ってくれる。ガルさんも頑張れと、応援してくれた。

なんだか緊張してくる。

リヒテンベルガー侯爵とは数ヶ月ぶりの再会となる。

一応、ルードティンク隊長の家に寄り、これからリヒテンベルガー侯爵家に行く旨を伝えると、一緒についてきてくれると言う。休んでいるところを申し訳ない。

「俺も気になっている事案だから、解決の糸口を探るのは早いほうがいい。実を言えば、夕方に先触れの返事があって、ここ一ヶ月は王都にいるので、訪問はいつでもいいと書かれていた」

寛大なルードティンク隊長に深々と頭を下げた。リヒテンベルガー侯爵の都合も問題ないようでホッ。

話をしている間に、侯爵家からの迎えの馬車が到着した。中央街にある街屋敷へと向かう。

リヒテンベルガー侯爵家へは、ルードティンク隊長の家からあっという間だった。玄関先で馬車が停まる。

「うわあ、立派な邸宅ですね」

「カントリーハウスはもっと大きいのよ」

今度、長期休暇があれば、遊びに来てもいいよとリーゼロッテは誘ってくれる。

貴族は冬から春先にかけての社交界シーズンは王都で過ごし、それ以外は領地などにある田舎屋敷に生活拠点を移す。

リヒテンベルガー侯爵家の領地は王都の西部にあり、夏は涼しく快適に過ごせるとか。

幻獣の保護区でもあるらしく、鷹獅子《グリフォン》が三頭ほどいると、教えてもらった。

「お父様が、山熊《ウルス》を狩ってくれるんだけど、とってもおいしいのよ」

「へえ、いいですね」

意外なことに、リヒテンベルガー侯爵は狩猟を嗜むらしい。そんな話を聞きながら、お屋敷にお邪魔する。玄関には、ずらりと使用人が並び「おかえりなさいませ、リーゼロッテお嬢様」と言って頭《こうべ》を垂れる。私達にも同じように、「ようこそおいでくださいました」と言ってくれる。

こんな大勢の人に頭を下げられるなんて、初めてだ。ルードティンク隊長は慣れているのか、堂々としていた。さすが、高貴な山賊。見習いたい。

「とりあえず、お父様に軽くお話をしてくるわ」

「大丈夫ですか？　その、前に喧嘩をしていると話していたので」

「いい加減謝ることにするわ。だって、わたくしも悪かったし。それに、今はメルの危機ですもの。意地を張っている場合じゃなくてよ」

「リーゼロッテ……」

ありがとうございますと、改めて頭を下げた。

ザラさんとルードティンク隊長と三人で、リヒテンベルガー侯爵を待つ。アメリアには大きなクッションが用意されていた。顎を乗せて寛いでいる。この扱いの差は、いったい。さすが、幻獣保護局局長のお屋敷と言えばいいのか。

果物の盛り合わせと、蜂蜜水《ミエル》も運ばれてきた。アメリアは「さっき夕食食べたばかりなのに……」と困惑顔だったけれど。

私達にも、お茶と茶菓子が運ばれてくる。

チョコレートを生地に混ぜ、型に流し込んで焼いたお菓子だろうか。形はつり鐘状で、甘い香りがふわりと漂う。お腹いっぱいだったけれど好奇心が勝って、お皿に手を伸ばす。

一口大だけど、大きさの割りにずっしりとしていた。ただの焼き菓子ではないらしい。いったいどんな秘密があるのか。さっそく、齧ってみる。

「むっ!?」

外側はサクサクで、チョコレートの豊かな風味とほど好い苦味、それからバターの香りで満たされる。中はもっちりしていた。生地の密度が高く、重たかった理由が判明する。

これが、貴族の食べるお菓子。お腹いっぱいだけどおいしくて、感動してしまった。

ルードティンク隊長はまったく手を付けていない。甘い物が苦手だからだろう。

それにしてもおいしい！

ザラさんは私を覗き込み、話しかけてくる。

「メルちゃん、このお菓子、好き？」

「はい！」

「レシピを知っているから、今度作ってきてあげる」

「わあ、ありがとうございます」

ザラさんのお菓子は、お店が開けるくらい絶品なのだ。

手を上げて喜んでいると、客間の扉が開かれる。とうとう、再会の時が訪れてしまった。

「待たせたわね」

まずはリーゼロッテが入ってきた。私の目の前にある長椅子に腰かける。

そのあと、リヒテンベルガー侯爵が続く。刹那、部屋の空気がピンと張り詰めた。

リーゼロッテと同じ紫色の髪をきっちりと撫で上げて、パリッと火熨斗《アイロン》のかかった礼服姿で現れる、威厳たっぷりなリヒテンベルガー侯爵様。

ルードティンク隊長とザラさんの表情も強張っている。二人共、だんだん「やっぱり殺す！」的な感じになっていた。いやいや、この前の事件は水に流そうと言っていたではないか。気持ちはよくわかるけれど。

でも、その、もうちょっと柔らかい顔で迎えてほしい。

しかし、荒ぶっているのはルードティンク隊長とザラさんだけではなかった。

『クエエエエ！』

アメリアは羽毛をぶわりと膨らませ、威嚇するような鳴き声を上げている。

リヒテンベルガー侯爵は――眉尻を下げて、悲しそうにしていた。無理もない。心から愛する幻獣に敵意を向けられているのだから。

「……」

「……」

「……」

「……」

「……」

一同、黙り込んでしまう。

何というか、非常に気まずい。ルードティンク隊長は落ち着いたみたいだけれど、ザラさんとアメリアの殺気が半端ないのだ。

リヒテンベルガー侯爵も居心地悪そうにしながら、リーゼロッテの隣に腰かける。が、ここでもう一名（？）部屋の中に入ってくる。

丸耳に、全身白い体、胴が長い鼬《イタチ》系の小動物。

『オ待タセシマシタ！　アルブムチャンガ、来マシタヨ～～』

あいつは――樹液楓《アルセ》の森で悪さをしていた妖精だ。

リヒテンベルガー侯爵と契約し、名前を得たようだ。アルブム――古代語で『白』という意味。わりと、見たまんまな命名をしたようだ。
『ハッ、パンケーキノ娘！　パンケーキノ娘デハナイカ！　パンケーキヲ所望スル！』
どうやら、私が木の実のパンケーキを作った者であると覚えていたようだ。
アルブムはテケテケと走ってきたが――。
『クエエエエ!!』
こちらへと到達する前に、アメリアが前足でアルブムの頭を押さえ、行く手を阻んだ。
『ウッ、クソ、コノ、怪力鷹獅子《グリフォン》メッ！』
『クエ～～!!』
「アルブム、お前が悪い。謝れ」
『エエ、ソンナ～～』
リヒテンベルガー侯爵に命じられ、不満そうな声を漏らす。
「どうやら、契約を忘れているようだな」
手袋を嵌めた左手を掲げる侯爵様。おそらく、手の甲に契約印があるのだろう。
ジロリと睨まれ、アルブムは大人しくなる。
丸い耳をペタンと伏せ、気まずそうに謝罪の言葉を口にする。
『ゴ、ゴメンナサ～イ』
そう言って、リヒテンベルガー侯爵とリーゼロッテとの間にちょこんと座った。

しゅんとしていたのも束の間のこと。アルブムはドヤァと、自慢げにこちらを見る。

「お前はそこじゃない！」

『イケズ～～！』

首根っこを掴まれ、床の上に下ろされていた。

アルブムのおかげで（？）部屋の張り詰めていた雰囲気は若干和らぐ。

荒ぶっていたアメリアは、頭を撫でて落ち着かせた。

そして、ようやく本題に移った。

ルードティンク隊長は相談があるとだけ言って、内容については詳しく伝えていなかったらしい。

「実はこの、メル・リスリスについてご相談があり――」

丁寧な言葉遣いではあるものの、ルードティンク隊長の顔はやっぱり険しい。リヒテンベルガー侯爵との間にある溝は、思っていた以上に深いようだった。

ルードティンク隊長は淡々とした口ぶりで説明する。

私に大きな魔力があること。今まで何の訓練もしていないということ。魔法研究局にバレたら、面倒な事態になること。

「なるほど。そういうことだったのか」

「はい。かねて、王都一の回復術師であり、幻獣にも理解があるリヒテンベルガー侯爵閣下を頼るしかないと、思っています」

ルードティンク隊長の話が終わり、シンと静まり返る室内。

険しい表情を浮かべるリヒテンベルガー侯爵であったが――。

「お父様、お願い……！」

愛する一人娘リーゼロッテに懇願されると、眉間の皺も解れる。一応、私からもお願いしておく。

「どうか、お願いします」

頭を下げると、リヒテンベルガー侯爵の視線がこちらへ移った。

「……わかった。今から魔力値を調べる」

リヒテンベルガー侯爵がこちらへと近付くと、再度警戒心を剥き出しにするアメリア。

「大丈夫ですよ、アメリア。心配には及びません」

『クエエッ！』

鋭い爪のある足をばたつかせ、「一撃くらわせたる！」と血気盛んな様子だった。なんとか言い含めて、落ち着かせることに成功した。

リヒテンベルガー侯爵は私に立つように言う。それから、手の平を広げるようにとも。

警戒心を解こうとしないアメリアは、即座に隣に並び、『クエエエ～～』と眼《がん》を飛ばしていた。

「お前の主人には何もしない」

『クエ！』

「命を懸けよう」

『クエ……』

どうやら、納得した模様。一歩後ろに下がっていった。

リヒテンベルガー侯爵は私の前に片膝を突き、手袋を外すと右手に嵌めていた腕輪が見えた。呪文がびっしりと刻まれているそれは、おそらく魔技巧品だろう。

腕輪に刻まれた呪文を指先で摩《さす》ると、淡く発光する魔法陣が手の平にふわりと浮かんだ。

リヒテンベルガー侯爵の手の平に浮かんだ魔法陣を、私の手に重ね合わせる。すると、赤色に光った。

「ほう。たしかにこれは――すごい魔力だ。人ならば、耐えきれなかっただろう」

曰くエルフである私達には、多くの魔力を身に宿す力が備わっているらしい。なので、長年平気だったと。

「魔力の暴走については心配しなくても良い。エルフであるお前には、心配ないことだろう」

「はい」

「だが、使い方を知らない力は、悪用されるおそれがある」

それは怖いことだ。どうすればいいのか、現状わからない。

「そこで、提案なのだが」

「?」

言い淀むリヒテンベルガー侯爵。いったい何を提案してくれるのか。

「何でしょうか?」

「……その、私が、魔法を伝授して、やらなくもない」

それは願ってもないことだろう。国内では、きっとリヒテンベルガー侯爵以上の、魔法の遣い手はいない。

「私に教わるなど、嫌かもしれないが」

ルードティンク隊長を振り返る。コクリと、力強く頷いていた。リーゼロッテはパッと表情が明るくなった。ザラさんとアメリアは顔を伏せている。見るからに嫌そうだ。

「アメリア、いいですか?」

『クエ～～』

ふてくされたように「しかたがないことだし」と呟いていた。ぎゅっとアメリアを抱きしめたあと、返事をする。ザラさんは、私の決めたことを応援すると言ってくれた。

「どうか、よろしくお願いいたします」

「わかった」

こうして、私にお師匠様ができた。

詳しいことについては、また後日話をすることになる。

引っ越し先については、リヒテンベルガー侯爵の奥方の実家、エヴァハルト伯爵家に頼ってはどうかという話になる。ザラさんが遠征で家を空ける時に山猫《ブランシュ》を預けているお宅だ。

「まあ、メルちゃんについては一度大奥様に話もしているし、大丈夫……かしら。多分だけれど」

かなり気難しいお方らしい。アメリアのことを、気に入ってくれるだろうか。

一度会って、話をするしかない。

こうして、心配事が一気に片付いた。

付き合ってくれたザラさん、ルードティンク隊長、リーゼロッテには感謝をしなければならない。

問題を引き受けてくれたリヒテンベルガー侯爵にも。

帰ろうと客間から出ていく中で、リヒテンベルガー侯爵に引き留められる。

何事かと振り返ったら、銀紙に包まれたチョコレートを三つ差し出された。

それは以前、リーゼロッテに貰ったチョコレートと同じ物。多くを語らない、リヒテンベルガー侯爵の気持ちがこもった品なのだ。

きっと、この前のことを謝りたかったのか。

直接言わないのはこちらが水に流したことなので、話を蒸し返すことは良くないと判断したからだろう。

無言で手渡されるチョコレートを、私は受け取る。ぎゅっと、手の平に握りしめて、頭を下げた。

「ありがとうございます。これから、よろしくお願いいたします」

リヒテンベルガー侯爵はコクリと頷いた。

＊

本日は王都から馬車で一時間ほどの場所にある、草原に向かった。

ルードティンク隊長が馬車を操縦し、私とアメリア、リーゼロッテは客席へと乗り込む。ガルさんは馬に跨り、あとから追いかけるように走っている。

ベルリー副隊長とザラさん、ウルガスはお留守番。この人員構成での外出は初めてだ。

今回はアメリアの持久力などを確認する目的がある。まだ成獣ではないけれど、そろそろ馬車に乗せるのが厳しくなっているのだ。

今日も出入り口に翼が引っかかり、ぐいぐいと押して無理矢理入れた。馬車の中もぎゅうぎゅうでちょっと狭い。あと一ヶ月か二ヶ月ほどで、成獣になるらしい。

ふとアメリアを見下ろすと、翼を嘴で突いている。

「アメリア、大丈夫ですよ」

『クエ～……』

馬車へ入ろうとした時に翼を折りたたみ忘れて扉の縁にぶつけ、羽根を三枚折ってしまったのだ。幸い怪我はなかったけれど、折れた羽根を抜いたので、ちょっとした禿《はげ》になっている。アメリアは先ほどから猛烈に気にしていた。

「生え変わりも早いですし、三、四日したら、元通りになりますよ」

『クエクエ～～……』

しょんぼりしているアメリア。気持ちはわかるけれど。私も頭部が部分的に禿げたら、一週間は落ち込んでいるかもしれない。

「しかし、瞬く間に大きくなったなあ」

「幻獣の多くは子育てしないの」

「そ、そうなんですか」

「ええ。そのために、どの生き物よりも早く成長するのよ」

数日面倒を見る幻獣もいれば、卵を産んですぐに放置する幻獣もいるらしい。種類によってさまざまなのだそうだ。

たしかにアメリアはずいぶんと大きくなった。今は、一メトルちょっとあるだろうか？

馬車にギリギリ乗り込める大きさだろう。

「元々、幻獣は食べ物の採り方や食べ方などは知っているの」

「アメリアは果物の皮剥きを知りませんでしたが？」

「鷹獅子《グリフォン》が生息すべき森にない果実だったんじゃないかしら？」

「ああ、なるほど」

生まれた時からさまざまな知識を有し、孤高の中で生きる幻獣。

アメリアのように幼少期に魔物に襲われ、死んでしまう個体も多いらしい。

「幻獣の生息数の統計は取れないけれど、目撃情報は年々激減しているし、魔物と勘違いされて討伐される事件も年々増えていて――」

何も知らない人からすれば、魔物と幻獣の違いはわからない。

冒険者協会では魔物を倒し、角や牙などを持ち帰ると報酬が貰えるのだ。始まったのは二十年前。魔物の数は大幅に減ったらしいけれど、幻獣もそれ以上に減りつつあるのだ。

「幻獣は人を襲うことはないけれど、警戒心が強いから、剣を抜いて近付いてくれば、自分を守るために牙を剥くわ。その本能を、わかっていない人が大勢いる」

リーゼロッテはアメリアを通じて、幻獣の良さを知ってもらいたいのだろう。

魔法研究局や、魔物研究局と違い、いまだ、幻獣保護局は実績を築けていないのだ。なので、焦りもあるのかと。

「大丈夫ですよ。きっと、幻獣の良さは認めてもらえます」

「ええ、ありがとう」

そのためには、アメリアと協力して頑張らなければならない。

騎士隊で活躍すれば、きっと幻獣と幻獣保護局の評価も変わってくるだろう。

そんな話をしているうちに、草原に到着した。ここで、アメリアの飛行能力と体力を確認するのだ。アメリアはやる気満々のようだった。無理のない程度に頑張ってほしい。

まず、どれくらい飛行できるのかを確認する。

「アメリア、風が強いので、気を付けてくださいね～～」

『クエ！』

この草原は一年中風が強い。山沿いの平地なので、強い風が吹くのだ。アメリアの飛行能力を知るために、敢えてここを選んだらしい。

リーゼロッテは記録を取るために、真剣な眼差しでアメリアを見ている。目が本気《マジ》だった。

きっと、話しかけても反応しないだろう。

アメリアは翼を広げ、ふわりと飛び立つ。

その刹那、ひときわ強い風が吹いた。

「うわっ、アメリア！」

風に流されるのではと心配したけれど、アメリアの飛行はぶれない。

ルードティンク隊長は陽の光に目を細めつつ、アメリアを評する。

「しっかり骨太に育っているようだな」

「よ、良かったです」

アメリアの飛行は最後まで安定していた。

飛行の確認はこれだけではない。石を詰めた鞄を背負い、飛べるか確認する。

私を乗せた状態で飛行が可能なのか、調べるのだ。

「アメリア、重たかったら無理して頑張らなくてもいいですからね」

『クエ！』

鞄の中は私の体重の三分の一くらい。本人は「ぜんぜん平気～」なんて言っているけれど。

石の入った鞄を背負わせ、再度飛行する。結果――問題なく飛行できていた。

次に、私の体重の半分くらいの鞄を背負わせる。

「こんな重い物を持つなんて」

重い物なんて持ったことがない、箱入り娘なのに心配だ。

『クエクエ』

鞄を背負ったアメリアは、「重くないよ～」なんて言っているけれど。

私の心配をよそに、アメリアは軽やかに飛んでみせた。白い翼をはためかせ、流れるように旋回する美しい飛行だった。

最後に、私の体重と同じ量の石を詰め込んだ鞄を背負う。

アメリアに背負わせようと鞄を持ち上げたルードティンク隊長が、失礼なことを言ってくれた。

「お前、こんなに軽いのか？　体重誤魔化していないか？」

「失礼ですね。正確ですよ」

「前に持ち上げた時は、もうちょっと重くなかったか？」

「あ、あの時は、隊に入ったばかりでしたし」

遠征に何度も行っていたら、痩せたのだ。

きちんとガルさんが鞄と私を交互に持ち上げて、同じくらいか量っている。

「だったら持ち上げてみてくださいよ」

両手を挙げて、持ち上げやすいような姿勢を取る。

「……どれ」

ルードティンク隊長は私を軽々と上げた――が。

「ぎゃあああ！」

「な、何だよ！」

「し、至近距離にある隊長の顔が怖くて叫びました！」

「うるせえ！」

ふわりと下ろされる。いつの間にか、ルードティンク隊長は涙目になっていた。

「たしかに、体重は鞄と一緒くらいだった」

「だから言ったじゃないですか」

「わかった、わかった」

「わかったじゃなくて！」

「悪かった」

「そうです」

次はないと思いたまえ。

気を取り直して、実験を再開。ルードティンク隊長はアメリアの背に、鞄を背負わせる。

「無理すんなよ」

『クエ！』

ハラハラしたけれど、アメリアは軽やかに飛翔した。

「この重さも問題ないと。リスリスを乗せるのは問題ないようだな」

「良かったです。本当に……」

降りてきたアメリアに駆け寄り、ぎゅっと抱きしめる。

「アメリア、すごいです」

『クエ！』

誇らしげに鳴いていた。疲れてもいないようで、ひとまずホッ。

次は体力を測定する。ガルさんが馬を走らせ、私の半分くらいの重さの鞄を背負ったアメリアがどれくらいついてこられるかを確認するのだ。

「アメリア、無理しないでくださいね」

『クエ！』

キリリとした表情で、「本気を見せます」と言っていた。

「じゃあ、ガル、頼むぞ」

本日はルードティンク隊長も見学。リーゼロッテと三人で、アメリアの奮闘を見守ることになる。

さらりと冷たい風が吹き抜ける草原で、三人並んで座っている。

「……腹、減ったな」

ルードティンク隊長がポツリと呟く。私は鞄からビスケットを取り出し、無言で手渡す。

「しょっぱい物が食いたい」

私はリクエストに応え、野菜の酢漬けの瓶を差し出した。

「温かい物がいい。できれば肉」

「今日はパンとチーズ、炒り豆、干し肉、野菜の酢漬けしか持ってきていないですよ」

一応、鍋を持ってきているけれど、すぐに帰る予定で料理をするつもりはなかったのだ。

「でしたら、その辺を山兎《ヒース》が跳ねているので、獲ってきてくださいよ」

「わかった」

ルードティンク隊長は私の武器、魔棒グラを貸すように言った。

「何に使うんですか？」

「獲物をこれで殴打するのに使うだけだが」

「ええ～～……」

以前も野鳥を狩ってくれたが、どうやら気配を消して殴るという超古代的な狩猟方法を採っていたらしい。

ルードティンク隊長が狩猟に出かけて数分後、あっさりと獲物の山兎《ヒース》を発見したようで、気配を殺して近付き、全力で魔棒グラを掲げ――振り下ろす。

一撃で仕留めたようで、ルードティンク隊長は山兎《ヒース》を持ち上げ、こちらへと見せてくれた。

自慢げな表情で戻ってくるルードティンク隊長。頬に返り血を浴びていて、すごく怖かった。

ルードティンク隊長ではなく、山兎《ヒース》を見たリーゼロッテは「ヒッ！」と短い悲鳴を上げていた。さらに、血の滴《したた》る魔棒グラを見て、白目を剥いていた。

温室育ちのお嬢様には、衝撃的だったらしい。

しかし、立派だ。今まで見た山兎《ヒース》の中で一番大きい。むちむちしていて、おいしそうだ。

さっそく、足を縛って解体する。

「え、ここで解体するの？」

「そうですが？」

リーゼロッテは解体作業を初めて目の当たりにするようだ。顔を顰め、顔色を真っ青にさせている。

「結構血が出るので、目を逸らしておいてください」

「い……いいえ、大丈夫よ」

無理しなくてもいいのに、解体する様子を見届けるようだ。

ルードティンク隊長が山兎《ヒース》の足を持って逆さ吊りにして、私がナイフを入れる。

まずは血抜きをするために、首筋を切り裂いた。

「――ッ！」

リーゼロッテの息を呑む声が聞こえた。

私はサクサクと皮を剥ぐ。肉の部位はもも、胴、肩、背中、頭などなど。

「あ、頭も食べるの？」

「スープにしたらおいしいですよ」

「……」

だんだんと涙目になるリーゼロッテ。

今日は肉をナイフで叩いて挽肉にして、ハンバーグを作ることにした。

肉を叩くのはルードティンク隊長に任せた。リーゼロッテには炒り豆を乳鉢ですり潰すようにお願いした。

その間に、私は薬草ニンニクを摘みに行く。

ルードティンク隊長の作った山兎《ヒース》の挽肉にリーゼロッテがすり潰してくれた炒り豆を入れ、細かく切り刻んだ薬草ニンニクと塩コショウで味を調える。

粘り気が出るまで混ぜ合わせ、成形する。

油を引いた鍋で、しっかり火が通るまで焼いた。最後に、これをパンで挟むのだが――。

「おい、パンはカリカリにしろ」

「はいはい」

上から目線のルードティンク隊長の好みを聞き、パンを炙る。リーゼロッテはふわふわのパンが好きなのでそのまま。私も焼かないほうが好きだ。ガルさんもカリカリが好きなので、しっかりと焼き目を入れておく。ハンバーグをパンに載せ、上に薄く切ったチーズ、酢漬け野菜を重ねてパンで蓋をする。

山兎《ヒース》のハンバーガーの完成だ。

ここで、ガルさんとアメリアが戻ってきた。どうやら、体力は十分だったようだ。

皆が揃ったので、昼食とする。

アメリアには蜂蜜水《ミエレ》と、乾燥果物を与えた。お腹が空いていたようで、バクバクと食べている。

リーゼロッテは不思議そうな顔で、ハンバーガーを見下ろしていた。

「はんばーぐっていう肉料理が挟まったパンなんて、初めて食べるわ」

「王都で人気の食堂が出しているメニューらしいですよ」

ザラさんから話を聞いて、作ってみようと思ったのだ。

「なんでも、異国から伝わった料理らしいです」

「そうなの」

神様に祈りを捧げ、いただくことにする。

大口を開けてパンを齧ると、じわりと脂が溢れる。香辛料が利いているので、臭みはまったくない。噛み応えがあり、上質な旨みがあった。木の実の風味も香ばしい。

「リーゼロッテ、どうですか？」

普段、ナイフとフォークを使って食事をしているリーゼロッテは戸惑っているようだったが、皆が普通に食べていたので、頑張って頬張ってくれていた。

「あ……お、おいしいのね。びっくりしたわ」

ソースは何もかかっていないけれど、お肉の旨みだけで十分おいしいのだ。

わかってもらえて嬉しい。

食後、ガルさんが報告してくれる。アメリアは馬との並走に問題ないようだ。途中で、私と同じ体重の鞄を背負って走ったけれど、同じ速さで走っていたらしい。

もう少し経てば、アメリアに乗って遠征任務に行けるだろう。楽しみだ。

＊

魔物研究局から預かっている『スラちゃん』だが、いつの間にかかなりガルさんに懐いているようだった。

瓶から出すと、喜んでガルさんの腕を伝って肩に乗り、頬にスリスリしている。大きさは手の平にちょこんと載る程度。橙色で丸く、つるりとしている。つぶらな目と、猫のような口が可愛いスライムだ。

以前のように、魔力のある私やリーゼロッテに寄ってくることもなくなった。今はガルさんにべったりなのだ。

スラちゃんは魔法瓶に入っていなくても、ガルさんの言うことをきちんと聞く。触手のように伸ばした手（？）の振りで、ちょっとした意思の疎通もできるようになっていた。

意外にも、アメリアとも仲良くしている。

プルプルと震えれば、クエクエと返事をするアメリア。会話をしているのか。

この前、抜けた羽根を贈っていた。オシャレのつもりなのか、スラちゃんは頭（？）にアメリアの羽根を挿し、嬉しそうにくるくると回っていた。

第二部隊の面々は微笑ましく、スラちゃんを見守っていたのだ。

この件については、魔物研究局も驚きの結果だったようで、入れ替わり立ち替わり研究員が覗きにやってきている。そのおかげで、第二部隊の騎士舎は毎日おじさん祭りだ。


本日は散り散りになってさまざまな作業を行う。

他の隊員は訓練中。リーゼロッテは魔法兵の研修に参加。アメリアと瓶詰スライムのスラちゃんは執務室でお留守番。私はルードティンク隊長の机に座り、帳簿付けをしていた。

シャルロットは今日も元気に、せっせと掃除をしている。

今日も魔物研究局の局員がスラちゃんを見に来た。先触れなどなかったので、ちょっと驚く。

許可を取ってから来てくれと言ったが、少しだけと懇願してきたのだ。おじさんと二人きりなのはちょっと嫌だ。けれど、こちらの言い分を聞きそうな気配ではない。

「あの〜、やっぱりダメです。一度、許可を取ってからにしてください」

「……」

私の言葉を無視して、じっと熱心に瓶に入っている姿を眺めている。

魔物研究局の局員は三十代後半くらいのおじさん。曇った眼鏡をかけていて、薄汚れた白衣を纏っている。

先ほどから、アメリアは局員を警戒して、『クエクエ』鳴いていた。さすがに、監視の目があるのに悪さはしないだろうと思っていたが――。

「ふんぬ！」

「え？」

局員は謎のかけ声と共にスラちゃんの瓶を掴み、部屋の扉を開けると駆け出した。

「スラちゃん！　って、ええ〜〜!!」

『クエエエエ!!』

アメリアは鋭い咆哮を上げ、あとを追う。

まさか、目の前で盗みを働くなんて。

私はどうしようか迷った。今から走っても追いつかないだろう。

ならば、ルードティンク隊長に報告したほうがいい。立ち上がって、魔棒グラを掴むと訓練場に向かって走った。

訓練中のルードティンク隊長に魔物研究局の局員がやってきたこと、こちらの制止も聞かずにスラちゃんを連れ去ったことなどを報告する。

「何だと⁉」

ルードティンク隊長に怖い顔で詰め寄られる。現在、アメリアが追跡中であることも伝えた。

「私がいながら、すみませんでした」

「その話はあとにしてくれ。それで、アメリアはどこにいるんだ？」

「えっと……」

「メル！　契約印に、触れてみて。きっと、アメリアの位置が、わかるから」

背後を振り返ると、息を切らしたリーゼロッテが。

私が騎士舎の廊下を走っているところに遭遇して、あとを追いかけてきたらしい。顔を真っ赤に染め、肩で息をしていた。

「契約した人と、幻獣は、契約印で繋がっているから、情報の共有が、できるの。た、試して、みて」

「わ、わかりました」

手の甲の刻印《ホールマーク》に触れてみる。すると、一瞬だけアメリアと視界が繋がった。

「えっ、嘘!!」

目の前に、氷の礫《つぶて》が映る。これは、アメリアが見ているものだろう。

「リスリス、どうした？」

「魔物研究局の局員は魔法使いのようで、アメリアは氷の礫に襲われているみたいです」

「場所は？」

「中庭の渡り廊下付近かと」

「わかった」

ルードティンク隊長は指示を出す。

「ベルリー、ガルは今すぐ中庭の渡り廊下に行け。魔物研究局の局員はなるべく無傷で捕獲しろ。頼んだぞ」

「了解した」

ベルリー副隊長は手にしていた双剣を鞘に収め、駆け出す。ガルさんもコクリと頷いて、あとを追った。

「ザラ、お前は魔物研究局に報告に行け。リスリス、局員の名は？」

「すみません、わからないです」

とりあえず、特徴を伝えておいた。

「まあいい。ザラ、頼んだぞ」

「了解」

　ザラさんは魔物研究局へ向かう。

「ウルガス、お前は二階から局員を狙える場所に回り込め。場合によっては、痺れ薬、眠気薬を塗布した鏃を使うことを許可する」

「使用条件は？」

「誰かが一人、戦闘不能になること。すべての責任は俺が負うが、急所以外を狙え」

「わかりました」

　リーゼロッテには遠征部隊の総隊長への報告を命じる。

　最後に、私は――。

「行くぞ」

「へ？」

　突然ふわりと体が宙に浮く。荷物のように担がれたかと思っていたら、ルードティンク隊長が走り出したので、風を顔面に受けることになる。

「ぎゃああ！」

「うるさい！」

「だって、怖いんですもにょっ！」

　最後、舌を噛んだ。歯を食いしばっておくように言われる。

　乱暴に担がれ、運ばれること五分。中庭の渡り廊下へと到着した。

「……うわ！」

「酷いな」

中庭の土は大きく抉れ、木々は倒されている。いずれも、傍に大きな氷の塊があり、魔法の仕業であることが窺える。

これだけの騒ぎなので、たくさんの騎士が集結していた。

ベルリー副隊長とガルさんは魔物研究局の局員と対峙している。アメリアは、少し離れた場所で姿勢を低くしていた。見たところ、怪我などなさそう。

「ルードティンク隊長、どうします？」

「どうもこうも、これだけ狭い場所で大人数での戦闘はできない。ガルとベルリー、それからアメリアに任せるしかないだろう」

「そ、そんな……」

私はルードティンク隊長に担がれた姿勢のまま、その場の様子を見守ることになった。

追い詰められた局員は我に返って自分の状況に気付いたのか、とんでもない行動に出た。

「ち、近付いてきたら、こっ、この、スライムを叩き割る‼」

ざわりと、周囲がざわめく。

様子を見ていた騎士達が「そんな、スラちゃん……」とか「スラちゃんを人質（？）に取るなんて、卑怯な奴」と呟いている。

毎日ガルさんがスラちゃんと散歩をしていたので、プルプルと無邪気に震える様子が騎士達の癒しとなっていたのだろうか。

ベルリー副隊長は魔双剣アワリティアを鞘に収め、ガルさんは構えていた魔槍イラを地面に突いた。武器が収められた隙に魔物研究局の局員は近くにあった木に登り、周囲の騎士を退避させるよう叫ぶ。

「お、おい！　下がれ！　下がるんだ！　全員、ここからいなくなれ！　でないと、このスライムの入った瓶を、叩き割るぞ!!」

無茶を言う。そう思っていた刹那――ガルさんの周囲に魔法陣が浮かんだ。

「何だありゃ」

ルードティンク隊長が呟くのと同時に魔法陣から木々が生える。周囲を囲むように葉が生い茂り、局員の視界を遮る。

「うわっ!!」

『クエエエ!!』

そこで、すかさずアメリアが飛び立つ。

木の前でくるりと旋回し、スラちゃんを持つ局員の手を尻尾で攻撃した。鞭《ムチ》のようにしなった尻尾は、見事に命中する。

「痛ってえ!!」

局員はスラちゃんの瓶を手から離す。アメリアは、器用に空中で落下する瓶を嘴に銜え取った。

「アメリア、偉い！」

「やるじゃないか」

ここから、解決まで速かった。

ガルさんは素早く木に登り、局員を捕獲する。

「ら、乱暴はせんでくれ、ワシが、わるかったけん!!」

地方の訛りだろうか。聞き慣れない独特な発音で助けを乞う魔物研究局の局員。

ガルさんは局員を抱えたまま、黙って木から飛び降りた。

「ギャアア！」

こうして、魔物研究局の局員は騎士隊に御用となった。

呆れたの一言である。

――しかし一時間後、驚きの事実が知らされる。先ほどの男性は、魔物研究局の局員ではなかったらしい。もちろん、魔法研究局の局員でもないと。

ならば、いったいどこの誰なのか。何のためにスラちゃんを狙っていたのか。

口を割ろうとしないらしい。事件は迷宮入りとなりそうだ。

中庭の後片付けは、魔物研究局の局員と第二部隊が行うことになった。

地面の穴を埋め、倒れた木は細かくして薪《まき》にする。

救出されたスラちゃんは、ガルさんにべったり。比喩ではなく、薄く伸びた状態になって、ガルさんの胸部に張り付いているのだ。

「そういえば、さっきのガルさんの周囲にあった魔法陣、何ですか？」

ガルさんは魔槍イラを指し示す。

なんでも、スラちゃんを人質ならぬスラ質（？）に取られ、今まで感じたことがないほどの怒りを覚えたらしい。気付いたら、槍から黒い靄《もや》が発生していたと。

「その武器、きっと魔道具でもあると思うの」

穴を埋めていたリーゼロッテが、ぽつりと呟く。

「武器の名を冠する感情を爆発させたら、何かの術式が発動するんじゃないの？」

なるほど。ガルさんの武器、魔槍イラは古代語で憤怒という意味がある。

あの時、スラちゃんを地面に叩き付けると言われ、ガルさんは猛烈に怒ったのだと言う。

ちなみに、ルードティンク隊長の魔剣スペルビアは傲慢、ベルリー副隊長の魔双剣アワリティアは強欲。ウルガスの魔弓アケディアは怠惰、ザラさんの魔斧ルクスリアは色欲、リーゼロッテの魔杖インウィディアは嫉妬。そして、私の魔棒グラは――暴食。

私が食欲を爆発させた時、この武器はどうなるのか。

見たいような、見たくないような。複雑だ。

メルとお師匠様とアルバムと、非常食ランチ

本日は休日。何だか疲れているので、今日は一日ゴロゴロしたい――なんてことは許されない。今日は、リヒテンベルガー侯爵との約束があるから。

重たい体を起き上がらせ、背伸びする。

『クエ～』

すでに起きていたアメリアには、幻獣保護局より支給された果物を与えた。私は優雅に喫茶店で食事を――と、言いたいところだけれど時間がないので、パンとチーズ、果実汁だけにしておいた。

髪は三つ編みにして、服はボロボロになってもいいように、フォレ・エルフの村でも着ていた麻の上着にズボン、それから頭巾のある黒い外套を纏う。この服装にとんがり帽子と杖を握っていたら、魔法使いに見えなくもない。

そんなことを意識してしまうのは、リヒテンベルガー侯爵に魔法を習うからだ。

回復魔法を覚えることが最終目標だけれど、上手くいくのだろうか。不安だ。

それ以上に、リヒテンベルガー侯爵に師事することを考えると、地味に胃がキリリと痛くなる。でも、私の中にある魔力の扱い方を覚えていないと、大変なことになるので頑張らなければ。

「アメリア、今日は、リヒテンベルガー侯爵様のところに行きますよ」

アメリアはリヒテンベルガー侯爵の名を聞き、不服そうに『クエエ～～』と鳴く。

「大丈夫ですよ。普段は、優しい人です、きっと」

そうであってほしい。そんな思いを、言葉に滲ませる。

鞄には羽根ペンとインク壺、羊皮紙に、非常食である乾燥果物とビスケット、干し肉に炒り豆、瓶入りの果実汁を入れた。

何か武器っぽいものを持っていたほうがいいのか。手持ちの武器はナイフしかない。念のため、鍋を盾代わりに入れておく。これで、準備は万端だ。

リヒテンベルガー侯爵家まで乗り合いの馬車で行こうか。そんなことを考えていたら、立派な四頭立ての馬車がお迎えに来ていた。何というか、恐縮です。

馬車の中で揺られること十分。リヒテンベルガー侯爵家に到着となる。

屋敷にある大理石のエントランスでは、リーゼロッテが出迎えてくれた。

「いらっしゃい、メル。それから、アメリアも」

リーゼロッテの背後には、ズラリと使用人が並んでいた。以前よりも、人数が多いような気がする。

ま、まさか、アメリアを見に来たとか？

慄《おのの》いていたらコツコツと、誰かが階段を下りてくる足音が聞こえた。使用人達はザッと左右に分かれ、階段の前を塞がないよう道を作る。やってきたのは――。

「あ、侯爵様！」

強面のおじさん……ではなくて、リヒテンベルガー侯爵だ。わざわざ玄関まで迎えに来るなんて。

当然ながら、視線はアメリアのほうにある。かの御方もまた、大の幻獣好きなのだ。

『アルブムチャンモ、イルヨ！』

ひょっこり顔を出すのは、以前の遠征で捕獲したいたずら妖精のアルブム。リヒテンベルガー侯爵と契約を結んだので、ここにいるのだ。

『オッ、パンケーキノ娘デハナイカ！　ドレ、アルブムチャンニ、パンケーキヲ』

『クエエエ!!』

『ギャアアア！』

アルブムはアメリアに踏まれていた。ちょっと可哀想な気がするので放してあげるように言った。

「おい、お前は何を騒いでいるんだ」

『ダ、ダッテ……』

リヒテンベルガー侯爵はキッとアルブムを睨むと、今度は私のほうを向く。

「メル・リスリス。お前だけ、来い」

それに私よりも先に反応したのは、アメリアだった。

『クエ、クエックエ～～クエ～～～！』

アメリアは「二人っきりになって、変なことをする気じゃないの⁉」と叫んでいる。

「アメリア、大丈夫ですよ。魔法を習うだけです」

『クエ……』

「それに、アルブムもいるので心配はいりません」

『エ？』

足元にいたアルブムを持ち上げ、アメリアはリーゼロッテや侍女さんと遊んでいるように言っておいた。

リヒテンベルガー侯爵は、ズンズンと廊下を進んでいく。私は小走りで、あとを追った。どこに行くのかと思えば、最終的に裏口に到着する。ここで、リヒテンベルガー侯爵は帽子と外套を、執事さんから受け取って装着していた。

「行くぞ」

「ど、どこに、ですか？」

「森に」

ザックリとした情報しか与えられず、私とリヒテンベルガー侯爵、そしてアルブムは馬車へと乗り込んだ。

『ナンデ、アルブムチャンマデ……』

魔法の勉強会に強制参加となったアルブムは、私の膝の上でブツブツと文句を言っていた。

「……炒り豆、食べます？」

『エ、イイノ？』

アルブムはうんざり顔から一変して、キラキラした顔で私を見上げる。鞄の中から炒り豆を五粒ほど取り出し、差し出したら嬉しそうに食べ始めた。

『ワ〜イ。炒り豆、イイ塩加減デ、オイシ〜』

塩加減までわかるなんて、さすが食いしん坊妖精だ。

「それを食べたら、いい子にしていてくださいね」

『ハ〜イ』

炒り豆を食べたあとは、大人しく座っていた。話がわかる妖精のようだった。

リヒテンベルガー侯爵は眉間に皺を寄せたまま腕組みして座り、微動だにしていない。

何だか怖い。なるべく、視界に入れないようにした。

二時間後、目的地付近へと辿り着いたようである。馬車の外に広がる景色は、鬱蒼とした森だった。

「ここからしばらく歩く」

「はい」

リヒテンベルガー侯爵の手には、杖が握られていた。ここで、私とアルブムに魔法がかけられる。

——祝福《ベネデッタ》よ。悪しき存在《もの》よ、我が身から離れん。

杖の先端より魔法陣が浮かび上がり、一瞬だけ温かな白い光に包まれる。

「侯爵様、これは？」

「魔物避けだ」

「えっ、すごい！」

どうやら、リヒテンベルガー侯爵は魔物避けの魔法が使えるらしい。これはきっと、高位魔法だろう。

やはり、ただの幻獣大好きおじさんではないようだ。

これで出発と思いきや、リヒテンベルガー侯爵は御者から細長い銃を受け取っていた。

あれはいったい？

私の視線に気付いたリヒテンベルガー侯爵が説明してくれる。

「これは、獣用だ」

なんでも、ここの森には野生動物が多いようで、うっかり出会ってしまった場合に仕留めるために持ち歩くのだとか。

「魔物避けが効くのは、魔物だけだ。野生動物には効かない」

「なるほど」

野生動物も十分危険だ。警戒するに越したことはないだろう。

ここでようやく、森の中へと入る。狭い獣道を、無言で進んでいった。森の内部は木々の葉が空を覆い隠すように重なっていて薄暗い。この地で、いったい何を教えるというのか。

そんなことを考えていると、草陰よりガサリと物音が聞こえた。私達の目の前に、大きな野鳥が飛び出してくる。

「うわっ！」

『ギャア！』

悲鳴を上げたのと同時に、ズトン！　という銃声が聞こえた。パラリと羽根が散り、飛び出してきた鳥は地面に落ちる。

どうやら、リヒテンベルガー侯爵が銃で仕留めたようだ。

「あ、ありがとうございます」

「気にするな」

リヒテンベルガー侯爵はしゃがみ込み、腹を裂き内臓を抜いて、首を切り落とし血抜きしている。なかなか慣れた手つきだ。

そういえば、リーゼロッテがリヒテンベルガー侯爵の趣味は狩猟だと言っていた気がする。飛行している鳥を仕留めたので、腕前はかなりのものだろう。

だが——。

「ヒッ！」

『ヒエエ！』

鳥からぴゅっと血が噴き出て、リヒテンベルガー侯爵の顔に付着した。その時の顔の怖さは、言葉では表せない。あまりの恐ろしさに、思わずアルブムと抱き合ってしまった。

その後、しばし歩いて辿り着いたのは、サファイアのように澄んだ輝きを持つ泉であった。

「綺麗……」

薄暗い森だったのに、ここだけ太陽の光が差し込んでいた。幻想的で、不思議な空間だ。

「この池は、魔力の質を調べてくれるものだ」

「へえ、そんな場所があるんですね」

「これは、リヒテンベルガー侯爵家が発見したもので、普段は結界があって立ち入れないようになっている」

「おお……！」

大変貴重な場に、連れてきてくれたようだ。

「それはそうと侯爵様、魔力の質って何ですか？」

「魔力の質とは――」

リヒテンベルガー侯爵はアルブムを掴み、泉に尻尾を浸した。

『ギャ～～、濡レタ！　アルブムチャンノ尻尾ガ、濡レタ！』

「うるさい」

リヒテンベルガー侯爵がそう叱咤した瞬間、泉に波紋が起きてほんのりと光る。

「わっ……！」

泉は綺麗な緑色に染まった。

どうやら、魔力には先天属性というものがあるらしい。リーゼロッテは炎属性の魔法を使うことに特化していて、泉は赤く光ったのだとか。

「緑色の魔力は、回復魔法を習うことに特化している」

「なるほど。では、私も泉に触れたら、魔力の質がわかるわけですね」

「そうだ」

さっそく、指先を泉に触れてみる。すると、水面に波紋が生まれて発光し出す。

思いがけず泉が強く光ったので、目を閉じてしまう。

「うわっ、眩《まぶ》しっ！」

『ギャアア、アルブムチャンノ、目ガ、目ガ～～!!』

リヒテンベルガー侯爵は私の手を掴み、泉から手を引き抜く。すると、光は収まった。

「こ、侯爵様、泉は、何色に光っていました？」

「緑……」

「本当ですか⁉」

だったら、私も回復魔法を使えるかもしれない。しかし、リヒテンベルガー侯爵は険しい表情を浮かべていた。

「あの、どうかしました？」

「いや、このように強く発光する話は、聞いたことがない……。おそらく、魔力量に比例して光ったのだろうが……」

どうやら、光は魔力量を示すらしい。リヒテンベルガー侯爵は、私の魔力量に驚いているようだ。

「私が調べた数値以上の反応を示している」

「そ、そうなのですね」

「人が作った測定値だが、精度は微妙なものだ。正確さは、この泉が遥かに勝っている」

「……」

今度は、リヒテンベルガー侯爵が泉に指先を浸す。すると、泉はエメラルドのような綺麗な色に染まった。キラキラと、輝きも放っている。

「これが、私の魔力特性と、魔力量だ」

強い光は放たれているけれど、眩しくて見えないほどではない。

「これを見てわかるように、お前の魔力量は、私以上だ」

「え、ええ⁉」

「回復魔法は魔力と引き換えに、怪我や病気を治す奇跡の力だ。魔力量が多ければ多いほど、素晴らしい遣い手になると言われている」

王都一の回復魔法の遣い手である、リヒテンベルガー侯爵以上の魔力量があるなんて。

「もちろん、他言するつもりはない。お前も、喋らないように」

「わ、わかりました」

魔力の質と量が判明したので、さっそく初級の回復魔法を教えてもらった。

――二時間後。

「うが～～‼」

私は頭を抱え、地面に倒れ込む。

普通の魔法使いならば三十分で習得可能とされる超初級の回復魔法であったが、まったく発動されなかったのだ。

「最初からできない者は、稀《まれ》だ」

「そういうの、普通は最初から上手にできる者は少ない、と声をかけるところですよね？」

「真実を伝えたまでだ」

「ううっ……」

そうだ。子どもの頃に回復魔法を習った時も、こんな感じだったのだ。なぜか、魔法が発動しない。

「もしかしたら、お前の魔力は何者かに、封じられているのかもしれん」

「ええ～～……」

まさかのオチだった。脱力したら、お腹がぐうっと鳴る。

「そうだ！　侯爵様、さっきの鳥を食べましょう！」

ちょうど、鍋もあった。盾として持っていたものだけれど。

まさか、鍋として役立つとは。……いや、これ、盾じゃなくて調理器具だけど。

その辺の石を積み、簡易かまどを作った。

先ほどの鳥の羽根を毟《むし》り、水で血などを洗い落とす。抜けない羽根は、火で炙った。

解体したあと小さく切り分け、温めた鍋でジュウジュウと焼いていく。

味付けは、炒り豆の底に溜まっていた塩のみ。素材の味を楽しんでもらおう。

その辺にあった大きな葉っぱをお皿代わりにして、焼き上がった肉とビスケット、チーズを並べる。

なかなかいい感じに仕上がった。非常食として持ち歩いていた食料には見えない。

「題して、え〜っと、非常食定食の完成です！」

『ヤッタ〜！』

アルブムは両手を上げ、ぴょんぴょん跳ねながら喜んでいる。

「食べましょう」

リヒテンベルガー侯爵にも差し出した。

「すみません、ナイフやフォークはないのですが」

アルブムは両手で肉を掴み、パクンと食べていた。

『ワッ、オ肉、オイシイ！』

なんか、肉食の妖精って嫌だ。そんなことを思いつつ、私も食べる。ビスケットの上にチーズと肉を載せて、ひと口で食べた。

「うん！」

肉はこりこりとした食感がある。塩味しかついていないけれど、噛んだら甘い肉汁が溢れてきた。これが、サクサクのビスケットやチーズによく合う。

アルブムも真似して、ビスケットの上にチーズと肉を載せて食べていた。

リヒテンベルガー侯爵は、手持ちのナイフに肉を突き刺して食べている。

ルードティンク隊長が同じことをしていたら山賊チックだけど、リヒテンベルガー侯爵がしていると不思議と優雅だ。

と、こんな感じで食事の時間は終わった。

魔法が使えないとなると、どうすることもできない。私達は森を出ることにした。

帰りの馬車の中で、リヒテンベルガー侯爵がポツリと話し始める。

「今まで、エルフなのに魔法が使えなくて、大変だっただろう？」

「村にいたときは、そう思っていましたが……」

フォレ・エルフの村を一歩出たら、魔法が使えない人がたくさんいて、自分の力で生き生きと暮らしていた。それがわかったことは衝撃的で――とても、嬉しかった。

「だから、今は気にしていません」

「そうか」

しんみりとしながら、王都へ帰る。

再びリヒテンベルガー侯爵家に戻ってきた。

『クエクエ～』

首に大きなリボンを巻かれたアメリアが、私に向かって飛び込んできた。ちょっと見ない間に、可愛くなって……。

『クエクエ？』

「ええ、大丈夫でしたよ」

アメリアが心配するようなことは、何もなかった。

私はリヒテンベルガー侯爵を振り返り、深々と頭を下げる。

「侯爵様、ありがとうございました。おかげで、いろいろ知ることができました」

魔力が封じられているというので、また調べ物をしなければならない。頑張らなければ。

気合いを入れていたら、リヒテンベルガー侯爵より想定外の言葉がかけられる。

「とりあえず、半月に一度、ここに来い。次は、座学を行う」

「へ？」

「魔力は使えなくても、魔法の知識は叩き込むから、覚悟をしておけ」

「お、おお……」

リヒテンベルガー侯爵との師弟関係は今日で終わりと思いきや、まだまだ続くようだ。

学ぶことは悪いことではない。

私はお願いしますと言って、深々と頭を下げた。

スッポン鍋——どうしてこうなった！

「——任務が入った」

ルードティンク隊長は朝から私達に告げた。

「場所は王都から馬で半日ほどの場所にある、セイレン峡谷。内容は——」

ルードティンク隊長は、はあと溜息を吐いて憂鬱そうに言う。

「竜の目撃情報があったので、確認に行けと」

「えっ、竜ですって⁉」

最初に反応を示したのは、リーゼロッテ。さすが、幻獣保護局局員。

竜は幻獣の中でも、最上位に位置する存在なのだ。

「いや、目撃者は竜だと言い張っていたらしいが、特徴を照らし合わせると、竜ではないと」

ルードティンク隊長はリーゼロッテに書類を手渡す。横から覗き込んだら、「これは竜ではないので、魔物研究局に相談してほしい」という幻獣保護局局長のリヒテンベルガー侯爵直筆のお言葉が。

「で、魔物研究局が調べた結果、水鰭鰐《コロカジール》ではないかと」

水鰭鰐《コロカジール》とはトカゲのような体に、鰭《ヒレ》の付いた魔物らしい。鋭い歯と爪は戦闘時には脅威となる。全身金属のような鱗に覆われ、防御力は高い。

水の中を気配なく泳ぎ回り、隠密行動をしつつ攻撃する狡猾な面がある。

「しかし、水鰭鰐《コロカジール》の個体としては、大きすぎる。目撃者が竜と見紛《みまが》ったのは、これが理由だろうと。それに普段、セイレン渓谷で見かけない魔物らしい」

そこで、騎士隊は魔法研究局にも話を持っていった。

「魔法研究局のとある研究者によれば、近年、セイレン渓谷を流れる川の魔力量が、ぐんと上がっているらしい」

豊富な魔力を受けて、通常よりも大きな水鰭鰐《コロカジール》が育ってしまった可能性が高い。

何ていうか、すごい。初めて、魔物研究局や魔法研究局がまともに運用されているのを目の当たりにした。いつも、こんな風に真面目に仕事をしていればいいのに。

しかしまあ、彼らの研究は、こうして不測の事態で役立つのだ。変な人が目立っているだけで、真剣に仕事をしている人もいるのだ。ちょっとだけ見直す。

水鰭鰐《コロカジール》は、三日捜して見つからなかったら帰ってこいと言われているらしい。

今回は討伐ではなく、調査のみ行えばいいようだ。基本的に陸に出て人を襲う魔物ではないものの、水辺に近付くと襲いかかる習性があるので、倒したほうがいいけれど、今回に限って絶対ではないと。

セイレン渓谷は左右を山脈の崖に挟まれており、人が安易に近付ける場所ではない。目撃者は行商人で、山道から水鰭鰐《コロカジール》を目撃したのだ。隣の国から鉱物などを持ち帰る途中に発見。周囲に村はなく、渓谷に流れる川の中で生きる魔物なので、被害はないだろうとのこと。私達は事実確認のために、派遣されるのだ。

遠征は馬で移動することになった。アメリアにはまだ装備が揃っていないので、私が乗る馬のあとを走ってついてきてもらうことになる。

成獣になれば、兜や鞍などの装備品も作らなければならないらしい。製作費用は幻獣保護局が負担してくれるとか。太っ腹だ。

しかし、半日走り続けるとか、アメリアは大丈夫だろうか？　聞いてみたけれど、「ぜんぜん平気！」という力強い言葉が返ってきた。まあ、置いていくわけにはいかないし、頑張ってもらうしかない。

「総員、準備に取りかかれ」

ベルリー副隊長の号令と共に、準備開始。三日分の食料なので、大荷物になるだろう。

アメリアはザラさんの作ってくれた遠征用鞄を嘴で銜え、保存庫に入っていく。

森林檎《メーラ》の蜂蜜《ミエレ》漬けに、乾燥果物の入った革袋、果実汁の瓶など、自分の食料をアメリアは準備して、丁寧に鞄に詰めている。なんてできる子なのか。感動した。

『クエ～～』

「これくらいあれば、足りますね」

『クエ！』

アメリアの頭を撫でると、私も準備に取りかかった。

渓谷なので、魚とかはありそうだけど。最初のうちは現地調達をしたいところだ。

パンに乾燥麺、干し麦に炒り豆、燻製肉に干し肉、野菜の酢漬けなどなど。これは、三つの袋に分けて入れた。個人がベルトから下げる、個人の食料袋も用意する。これは、はぐれたりした時用の非常食なのだ。中にはビスケットと干し肉、乾燥野菜を入れた。

食料の入った袋は、ルードティンク隊長、ガルさん、ザラさんの馬の鞍に載せてもらう。

アメリアは目立たないよう、茶色の頭巾とマントを装着された。「なんか地味……」と不服そうにしていた。帰ってきたら一緒にオシャレして出かけようという約束を交わす。

集合時間となり、各々馬に鞍を装着させ荷物を積み込んで跨る。

幸い、馬はアメリアに怯える様子は見せない。さすが、遠征部隊の馬達だ。肝が据わっている。

現在、アメリアは仔馬くらいの大きさだろうか。馬と並ぶ様子を見て、改めて大きくなったなと思う。

スラちゃんの入った瓶は紐を付けて、私の首からぶらさげている。非戦闘員である私に託されたのだ。

最後に、シャルロットのところに行った。

「メル、また、えんせい、なんだね」

「ごめんなさい。戻ったらまた、一緒に保存食作りましょうね」

「うん、わかった。シャル、いい子で、待っているね」

「はい！」

目をウルウルさせるシャルロットを見て後ろ髪を引かれつつも、私は——私達第二部隊は遠征に挑む。

「出発する」

ベルリー副隊長の号令と共に、馬を走らせる。騎士舎の裏口から、街道へと進んでいった。

「アメリア、きつかったら言ってくださいね。休憩を入れますので」

『クエ～～』

隣を走るアメリアは、「楽勝だよ」なんて気楽な様子でいる。途中でバテなければいいけれど。

しばらく走っていると、アメリアは空へと飛翔した。

ぐんぐんと先へと飛行し、ルードティンク隊長を抜く。

「アメリア！　あまり遠くへ行っては――」

『クエックエ～～！』

「え？」

アメリアは叫ぶ。この先に、魔物の群れがいると。

スラちゃんも気配を察したのか、瓶のなかでブルブルと震えていた。

ヤバいと思った私は大声を張り上げて報告した。

「ルードティンク隊長～～」

「何だ、リスリス！」

「この先、魔物がいるそうです！」

「何だと⁉」

角の生えた獅子《リヨダリ》が三頭、街道の真ん中で待ち構えているらしい。

「角獅子《リヨダリ》か」

角獅子《リヨダリ》、初めて聞く魔物だ。王都周辺ではちょこちょこ出没するらしい。

体長一メトル半ほどで、長い鬣《たてがみ》に、額から突き出た長い角が特徴らしい。

あまり相手をしたくない魔物だけど、三体くらいならばなんとか倒せるだろうと判断し、先へと進むことになった。

戦闘前に、ルードティンク隊長の指示で戦列を整える。

先頭をルードティンク隊長とガルさんが並んで走り、次にザラさん、ウルガス、リーゼロッテと私が並んで走り、ベルリー副隊長がしんがりを務める。

しばらく進むと、遠くに大型の魔物の姿が見えた。

「総員、戦闘準備！」

ルードティンク隊長が指示を出す。私も鞍に差していた魔棒グラを手に取った。

角獅子《リョダリ》は極めて獰猛で、人を見れば襲ってくるらしい。

ルードティンク隊長は馬の腹を蹴り突撃していく。

途中で魔剣スペルビアを引き抜き、先頭にいた角獅子《リョダリ》の首筋めがけて一太刀《ひとたち》浴びせていた。

その場に立ち止まることなく駆け抜けていく。

角獅子《リョダリ》達がルードティンク隊長を追おうと背を見せた瞬間、馬から飛び降りたガルさんが魔槍イラで鋭い突きを繰り出す。急所を貫いたからか膝を折った。動きが鈍くなった角獅子《リョダリ》の心臓を、ウルガスの矢が貫く。低い咆哮を上げたのちに、倒れた。

残り二頭。

ザラさんは騎乗したまま、角獅子《リョダリ》へ魔斧ルクスリアを振り下ろした。一撃目は回避される。かなり重量のある武器だけど、続けざまに弧を描くようにくるりと回し、柄で脳天を打ち据えた。ぐらりと、角獅子《リヨダリ》の体が傾く。そこに止めを刺すように、馬から降りて迫っていたルードティンク隊長の剣が、首筋を切り裂いた。

最後の一頭は劣勢だと悟ったのか、後退していた。

「あ～、あの距離だと無理ですね～」

ウルガスは矢を番え、角獅子《リヨダリ》を狙っていたが、射程から外れてしまったようだ。

「わたくしに任せて！」

リーゼロッテは魔法の使用許可をベルリー副隊長に求める。

「リヒテンベルガー魔法兵の、魔法の発動を許可する」

「了解」

だんだんと遠ざかっていく角獅子《リヨダリ》。間に合うのかと思ったが、アメリアが飛んでいって、上空から爪先を振り下ろして攻撃し、行く手を阻む。

「そろそろか」

ベルリー副隊長がそう言うので、私はアメリアに下がるよう声をかけた。

「アメリア、下がってください！」

『クエ～～』

アメリアはひらりと上空へ退避。その刹那、リーゼロッテの作り出した魔法陣が角獅子《リヨダリ》の足元に出現し、火柱が巻き上がる。

巨体を、一瞬にして丸焦げにしてしまった。

無事、戦闘終了だ。

今回ベルリー副隊長が後方にいたので、安心感が半端なかった。

「周囲に敵影はないみたいだな。よし、角を折って持って帰るぞ」

魔物を倒したら、角や爪などを持って帰り、騎士隊に報告書に添えて提出しなければならないのだ。

ルードティンク隊長は腰から大振りのナイフを引き抜く。頭部を足で押さえ、ガンガンと刃を振り落として角を切っていた。

「何だ、この、硬いな、くそ……」

すさまじく恐ろしい顔で角へ刃を振り下ろすルードティンク隊長。どうやら太いナイフでもなかなか切れない模様。

「山賊にしか見えない……」

ウルガスの呟きを聞いてドキリとする。自分の心を読まれたのかと思った。

「おい、ザラ、お前の斧貸せ」

「伐採《ばっさい》用の斧じゃないんだから！」

とは言っていたものの、結局戦斧を貸してあげたようだ。角は一振りで折れる。

焦げた角一本と、血まみれの角が二本。ルードティンク隊長は嬉しそうに革袋へと入れていた。

「休憩するか」

近くに川があるので、一休みする。ちょっと早いけれど、昼食を取ることにした。

皆、馬に水を飲ませたり、武器を洗ったりしている。ルードティンク隊長とガルさんは魔物の骸に土を被せに行っているようだ。

肌寒いので、温かいスープでも飲みたいところであるが……。

「――あ！」

川べりで食材を発見する。岩の上で、甲羅干しをしている黒い生き物。石亀《ヒエロナ》のように見えるが、あれは川鼈《スッポン》。

滋養強壮の食材で、高級食材として取り引きされていると、聞いたことがある。

村の川にも生息していて、なかなかおいしいので何度か捕獲して食べていた。

『クエ？』

「アメリア、あの、川鼈《スッポン》を、捕まえますよ」

『クエ～』

川鼈《スッポン》は顎が強く、噛み付かれたら引き千切れるまで離さない獰猛な生き物なのだ。

「アメリア、気を付けてくださいね」

『クエ～』

私は魔棒グラをぎゅっと握り締める。村では罠を仕掛けて捕獲していた。けれど、今回は道具もないので、奇しくもルードティンク隊長と同じような棒で殴るという古典的な方法を採る。

アメリアと共に、忍び足で川鼈《スッポン》に接近。魔棒の届く範囲まで近付き振り上げ、タイミングを見計って力いっぱい振り下ろした。

ガツンと、川鼈《スッポン》の甲羅に打撃を与えた。

長い首がにょろりと出てきて、こちらを睨む。どうやら、一撃で仕留めることはできなかったようだ。

カチンガチンと歯を鳴らしつつ、威嚇しながらこちらへ接近する川鼈《スッポン》。

「ひえぇぇ！」

『クエ！』

怖くて後退する私と、ブルブル震える瓶詰スラちゃん。一方で、前に出ていくアメリア。

「き、気を付けてくださいねぇ～」

『クエ！』

アメリアは爪を川鼈《スッポン》へ振り下ろす。踏みつけるように頭をぐいぐいと地面に押さえつけていた。ジタバタと暴れる川鼈《スッポン》。だが、しばらくすると、動かなくなったようだ。

「やった！　アメリアすごい、偉い！」

『クエ～～』

というわけで、アメリアの協力もあって川鼈《スッポン》を捕獲した。

周囲に隊員達がいないことを確認する。きっと、川鼈《スッポン》を見れば、食べ物じゃないと駄々を捏ねる輩《やから》が出そうだからだ。こっそり捌《さば》いて、何食わぬ顔で食べさせるしかない。

「メルちゃん、どうしたの？」

「⁉」

慌てて振り返る。ザラさんだった。捕獲した川鼈《スッポン》を見て、ちょっと驚いた顔をしていた。

「それ、もしかして、食材？」

「う……はい」

「そうなの。石亀《ヒェロナ》……じゃないわよね？」

「これは川鼈《スッポン》です」

「ふうん」

一応、高級食材であると主張した。とってもおいしいとも。

ハラハラしていたけれど、ザラさんは微笑みながら受け入れてくれた。

「楽しみにしているわ」

「あ、ありがとうございます」

良かった。ザラさんは大丈夫そうだ。

逆に、ルードティンク隊長はダメだろう。食品として加工されたスライムとか平気で食べるのに、魚の目玉など見た目がおいしくなさそうな食材には、拒絶反応を示すのだ。

「何か手伝うことある？」

「では、火を熾こして、お湯を沸かしておいてくれますか？」

「任せて」

ホッとひと息。

沼に棲む川鼈《スッポン》ならば泥抜きが必要だけど、幸いここの川は綺麗だ。必要ないだろう。

平たい石の上で川鼈《スッポン》を捌く。

まず、首に深い切り目を入れ、血抜きを行う。真っ赤な血が滴る。父や祖父はこれを酒で割って飲んでいた。すごい栄養があるらしい。

血を抜いたら、甲羅にザクザクと刃を入れて外す。甲羅の縁は柔らかいのだ。

内臓を取り出し、手足を切る。身を取り出し、切り分けた部位は湯通しする。

一度水で洗い、沸騰した鍋の中へ。

かまどにはザラさんしかいなかったので、他の人にはバレていない。

乾燥野菜と薬草ニンニク、香辛料などを入れて味を調えた。しばらく煮込めば完成。

ちょうど、ルードティンク隊長も戻ってきた。

「いい匂いだな」

「え、あ、はい！」

ルードティンク隊長は空腹のようだ。

猫舌なので、先にルードティンク隊長の分を器に取り分けた。えんぺらなどの、珍しい部位は入れないで、肉だけ入れておく。

パンも炙ってカリカリにした。

準備ができたのでみんなを呼びに行く。

集まったところで鍋を囲んで、昼食の時間となった。神様に祈りを捧げて、ありがたく川鼈《スッポン》鍋をいただくことに。

「うっわ、これ、すっごいおいしいですよ!!」

ウルガスが過剰な反応を示す。それを聞いたルードティンク隊長が、質問をしてきた。

「何のスープなんだ？」

「……あり合わせのスープです」

「ざっくりとした説明だな」

ルードティンク隊長の呟きにドキッとする。山賊め、勘が鋭すぎる。

「ジュンは、よっぽどお腹が空いていたのね」

「なるほど。空腹は最高の調味料である、というわけか」

ザラさんの一言のおかげで、なんとか誤魔化せた。ウルガスは夢中で食べている。

ルードティンク隊長は器に鼻を近付け、くんくんと嗅いでいた。

「なんか、嗅いだことがあるな……」

匙で掬い、スープを飲むルードティンク隊長。

「これ、川鼈《スッポン》のスープだわ」

リーゼロッテの一言を聞いて、噎《む》せるルードティンク隊長。涙目になっていた。

「あら、どうかなさって？」

「いや、川鼈《スッポン》って、その辺を歩いている石亀《ヒエロナ》みたいな生き物じゃないか！」

「石亀《ヒエロナ》じゃないわ。川鼈《スッポン》よ」

まさか、リーゼロッテが気付くとは。さすが貴族令嬢だ。

「昔、侯爵家でも飼育していたの」

「川鼈《スッポン》を、ですか？」

なんでも、食用としてリヒテンベルガー侯爵家の庭で飼っていたらしい。

「でも、お父様が可愛がってしまって……」

「え、川鼈《スッポン》をですか？」

「そう」

甲羅を洗い、餌を与え、溺愛していたらしい。

しかし、川鼈《スッポン》を飼い始めてしばらく経った頃、悲劇が起こる。

「川鼈《スッポン》が、お父様を噛んだの」

「そ、それは……」

リヒテンベルガー侯爵は大激怒。可愛がっていた川鼈《スッポン》だったけれど、一晩で食材になってしまったらしい。

「たくさん川鼈《スッポン》のスープを作ったのに、お父様は食べなくって……」

「複雑でしょうね」

それ以来、侯爵家で川鼈《スッポン》のスープが並ぶことはなくなったらしい。

「すみません、なんか」

「いいえ。わたくしは大好きなの。とってもおいしいわ」

「ありがとうございます」

私も川鼈《スッポン》のスープを掬って食べた。

まず、濃厚な旨みを感じる。肉は鳥系統のあっさりな味わいで、コリコリとした食感がいい。

えんぺらの部分は、ぷるぷるしていておいしいのだ。

「いい出汁が出ています。体が温まりますね」

「ええ、本当に」

皆、おいしく食べてくれたようだ。ルードティンク隊長も、顔を顰めながら完食した。

午後からの遠征も、頑張れそうだった。

追い風のおかげで予定よりも早く渓谷付近に辿り着く。馬は麓《ふもと》にある山小屋の主人に預けた。

「しかし、困ったな」

ルードティンク隊長がぼやく。

渓谷に降りて調査をするか、山に分け入って渓谷を覗き込む形で調査をするか。この二択を迫られていたようだ。

「山は水鰭鰐《コロカジール》との遭遇を避けられる。だが、山は雪が積もっているし、野営はきついものになるだろう」

渓谷は森を下り、川を目指せば到着する。

しかし、渓谷は左右崖に挟まれており、足元は凸凹《でこぼこ》とした岩で、間を流れる川の水中には水鰭鰐《コロカジール》が潜んでいるのだ。

「まあ、森を歩いていても、魔物に遭遇する確率は高いだろう。斜面での戦闘では、上から向かってくる奴が優勢になる」

ただでさえ厳しい登山をするなか、魔物なんかに遭遇したら最悪だろう。

しかし、渓谷も危険度は変わらない。

上からは、その場での隊長の判断に任せると言われていたらしい。珍しく、ルードティンク隊長が悩んでいる。瞼を閉じ、何かを考えているようだった。誰からの助言も求めない。それが、ルードティンク隊長の責任だからだろう。

「――よし」

ルードティンク隊長は腹を括ったようだ。進む先は――渓谷。そうと決まれば、森の斜面を下っていく。

セイレン渓谷。

深い谷となっており川は流れが速く、魔物も多く生息していることから人は安易に近付かない場所である。

魔法研究局の局員曰く、ここの岩からは良質な魔石の原石が採れるらしい。何度か採取と調査に向かったが、不安定な足場と魔物の出現を理由に、何度も向かっては撤退を繰り返しているそうだ。

果たして、今回の調査はどうなるのか。できれば、水鰭鰐《コロカジール》なんぞには遭いたくない。

鞍から下ろしていた荷物を背負う。ベルリー副隊長に、鍋と鞄を結んでもらった。

「リスリス衛生兵、重たくないか？」

「はい、大丈夫です」

魔棒グラも鞄に差す。手ぶらで歩けるように、紐を付けておいたのだ。

食料を一人で運ぶのはきついので、リーゼロッテ、ウルガス、ガルさんと分けて運ぶ。

これにて準備は完了！　出発だ。

まず、渓谷に下りるため、山道を下っていく。幸い、魔物の気配もなく比較的整った獣道なので、そこそこ歩きやすい——が。

「きゃあ！」

リーゼロッテが足を滑らす。すかさず、ガルさんが受け止めた。

「おい、リヒテンベルガー、気を付けろ」

「は、はい……」

ルードティンク隊長が一喝する。ガルさんにお礼を言って、離れるリーゼロッテ。想定外のことだったようで、悔しそうにしていた。

山道には薄く雪が積もっている。靴底に鋲が付いた物を履いているけれど、表面が凍っているのでうっかりすると滑ってしまうのだ。

それに加えていろいろと、気を付けなければならない。

なぜならば、一歩足を踏み間違えると崖になっていて、渓谷までまっさかさまになるという、恐ろしい道なのだ。

足元に気を付けながら歩いていると、「リィン」と音が鳴った。

「え？」

山の中で聞こえるはずがない、澄んだ鈴のような音である。立ち止まって耳を澄ませた。やはり、リィンと音が鳴っている。これは、いったい？

『クエ……、クエ!!』

アメリアも異変に気付いた模様。ガルさんも耳をピンと立て、毛をぶわりと膨らませていた。

「リスリス、どうし――」

「えっ、うわ!!」

『クエエエ！』

刹那、目の前に飛び出してくる魔物。大きさは手の平ほどで、真っ黒。靄のような物に包まれており、全貌は謎。ふわふわと宙に漂っている。

リィン、リィンと、高く澄んだ音が鳴った。すると、魔法陣が空中に浮かび上がる。魔物の角のような氷柱《つらら》が二本出現し、矢のように飛んでくる。

「ぎゃあ！」

『クエ!!』

氷柱の一つは私に到達する前に、アメリアが爪で叩き落とした。もう一つはザラさんが魔斧ルクスリアで真っ二つにする。ルードティンク隊長が靄がかった魔物を魔剣スペルビアで斬りつけようとしたが、動きが素早くて空振りしてしまった。

それにしても、何なんだ。魔物が魔法を使うなんて、聞いたことがない。

――リィン。

「へ⁉」

背後から鈴の音が鳴る。振り返ったら、黒い靄に包まれた魔物が――もう一体‼

「ええ～～⁉」

突然のことで驚きの声を上げたが、次の瞬間、すぐ目の前に魔法陣が浮かび上がった。

――リィン、リィン。

二回、鈴の音が鳴った。すると魔法陣が浮かび上がり、氷柱が突き出てくる。

避《よ》けきれない‼

頭を抱え、ぎゅっと瞼を閉じる。

「メルちゃん！」

ザラさんの声が聞こえた。強い力に押され、ぐらりと体が傾く。

鋭い氷が突き刺さるような衝撃は襲ってこなかった。

その代わり、ふわりと体が宙に浮かぶ。

どうやら、ザラさんに守られたようだが――ドン！　という衝撃だけでは飽き足らず、

「ぎゃあああああ‼」

「くっ！」

崖に投げ出されてしまった。ザラさんに抱えられた状態で、斜面を転がっていく。

崖というよりは、きつい斜面と言ったほうがいいのか。地面は土と枯れ草。その上をゴロゴロと転がっていく。

「ぎゃあああああ!!」

斜面を転がる私とザラさん。途中で鞄が開き、中身が零れる。

走馬燈のように、目の前を食材が跳ね転がっていった。

ああ、私のパン……干し肉……野菜の酢漬け……炒り豆……。さようなら。あ、燻製肉とビスケットも。

鞄に括りつけていた大鍋も、外れて転がっていく。ベルリー副隊長と一緒に選んだ、大切な物なのに。

依然として、重なり合ってゴロゴロと転がる私とザラさん。

怖いし、痛いし、食料は転がっていくし。

首から下げてある、スラちゃんは大丈夫。私とザラさんの間でしっかりと固定されていた。

勢いは止まらない。声も嗄《か》れてしまった。

そして、最後の最後で――。

「え、どわっ、ひえええええええ～～っ‼」

体は斜面から投げ出される。

そのまま……川へどぼん。そこから、意識がなくなってしまった。

＊

……ちゃん、……ちゃん。

「ううっ……」

体を激しく揺さぶられ、気持ち悪くなる。それに、なんかすごく寒い。

「メルちゃん‼」

「へくしょい‼」

うっすらと瞼を開く。目の前には心配そうに私を覗き込むザラさんが。

水も滴る雪国美人――じゃなくて‼

ここはいったい……？　周囲は薄暗く、洞窟のようなごつごつした岩壁に囲まれた場所にいるようだ。わずかに、陽の光が差し込んでいる。

「体、痛いところはない？」

「え～っと、はい。平気です」

ところどころ打ち付けて痛みはあるけれど、擦り傷や打ち身程度だ。折れたり、出血したりしていない。

「良かった……」

「えっと……？」

意識が朦朧《もうろう》としつつも起き上がり、頭の中を整理した。

私達は想定外の敵に遭遇し、襲われた。目の前に魔法の氷柱が迫り、ザラさんが身を挺して助けてくれた。そのあと、斜面を転げ落ち、川にどんぶらこっこと流された。

ザラさんは意識のない私を陸に上げてくれたのだろう。

そして、今に至る。スラちゃんも無事だったようだが、不安げに瓶の中で震えていた。

「スラちゃん、大丈夫ですよ」

瓶を握って、温めてあげる。

「ザラさんは怪我などありませんか？」

「ええ、平気。こう見えて、体は丈夫なの」

「だったら、良かったです」

とりあえず、派手に転がって落ちたけれど、大きな怪我はないよう。

「メルちゃんごめんなさい、うまく助けることができなくて」

「いえいえ、そんな、あの、ありがとうございました！」

ザラさんに深々と頭を下げる。

「助けていただかなかったら、私は今頃……」

氷柱の串刺しになっていただろう。恐ろしくて、ぶるりと震える。

「大丈夫？」

「あ、はい。ちょっと、寒いですね」

震えたのは魔物に対しての恐怖ではなく、単純に全身濡れているための震えだったようだ。ホッとしたら、寒気に襲われる。けれど荷物もすべて濡れているようで、どうにもできない。

「服の水分を絞ったほうがいいわ。下着とか、脱いだほうがいいかも」

「あ、そ、そうですね」

まずすることは、応急処置。服を脱いで、水分を絞らなければ。

「じゃあ、私は洞窟の入り口で見張っているから」

「すみません」

ザラさんは洞窟の入り口まで駆けていった。

私は背負っていた鞄を地面に置き、重くなった外套、制服、下着、靴を脱ぐ。

ほぼ全裸となった。寒すぎる。震える手で、外套を絞っていたが——。

「ひえええええ、寒い！」

「メルちゃん、服、絞ろうか？」

「あ、う、どうしましょう」

指先がかじかんで、力が入らない。どうしようか迷ったけれど、結局ザラさんに服を絞ってもらうことになった。

「すみません、裸なので、ザラさんは前を向いたままで」

「え？　あ……はい」

ザラさんの後ろに、そっと外套を置く。

ぎゅうぎゅうと絞ってくれた。その間、下着や制服の水分を絞った。返された外套を素肌の上に着込み、前のボタンをしっかりと閉じる。

着た感じはひやりとしていたけれど、水分はほぼない。

「ありがとうございます」

今度はザラさんの服の水分を絞るように勧めたけれど、首を横に振る。

「わ、私は、雪国育ちだから、寒くないの」

「え、でも、顔赤いですよ。耳とか真っ赤です。水分を切ったほうがいいです」

まさか風邪を引いているのではと、額に手を伸ばしたが、さっと避けられてしまった。

「だ、大丈夫、だから」

「そうですか？」

風邪薬でも飲んでもらおうかと、腰のベルトに付けていた鞄から救急道具が入った袋を取り出す――が。

「うわ……」

粉薬はすべて溶けていた。缶に入った傷軟膏は無事のようだが。

ここで食料というか、持ち物の確認をする。

中にあったのは、水分を吸ってぶよぶよになったパン。濡れた包帯などの使えない救急道具、着替えなど。火を熾こす道具も水没。唯一無事だったのは、革袋に入っている薬草入りの飲料水。

魔棒グラは鞄から離れずに、きちんとあった。

「私は、崖から落ちる前に武器を放り投げてしまったの」

「そうだったんですね」

ザラさんの武器はベルトに差してあったナイフのみ。

食料袋は流されてしまったようだ。

これから、どうすればいいのか。まったくわからない。

それと、下着はどこに干せばいいのか。絞った上下の下着を握りしめたまま、立ち尽くす。

「ど、どうしましょう……」

「救助を待ちましょう」

とりあえず、動かずにここで待っていたほうがいいということになった。

ガタガタと震えながら、洞窟の中で陽の当たる場所にしゃがみ込む。

濡れている上下の下着は干し場が見つからなかったので、鞄の中に入れた。

「あ、アメリアは⁉」

手の甲にある契約印に触れてみるが――この前のように繋がることはできない。

「ど、どうして⁉」

「もしかしたら、ここは魔力が安定していないのかもしれないわ」

そういえば、ここは魔石の素材となる石が大量にあると言っていたような。

その影響で、アメリアと魔力で繋がることはできないようだ。

「とにかく、助けを待つしかないわ」

「そう、ですね」

騎士隊の制服は洞窟の入り口付近に干していた。これで、ルードティンク隊長達が見つけやすいようになるだろう。アメリアが発見してくれることにも期待する。魔物との戦闘に勝っていたらだけど。

「それにしても、あの魔法を使う魔物、何だったんでしょう？」

「わからないわ。でも、ここの魔力量が増えていることが、関係あると思う」

「ですよね」

　無事を願う。

　幸い、まだお腹は空いていない。けれど、時間が経てば辛くなるだろう。スラちゃんは
——大分落ち着いたようだ。魔法瓶の中で大人しくしている。

　唯一、革袋の中の水は無事だったので、スラちゃんに与えておいた。

　遠征中腐らないよう殺菌作用のある薬草入りの水なので、スラちゃんは緑色に変化した。

……これ、大丈夫だよね。橙色に戻りますようにと、祈るしかない。

「あ、ザラさん、顎の下が切れています」

　幸い、傷軟膏は無事だったので、衛生兵の仕事をさせていただく。まず、傷口の血を綺麗に洗い流す。飲み水でもあるので、必要最低限の量で洗い流した。

「痛いですか？」

「え⁉」

　眉間に皺を寄せ、辛そうにぎゅっと瞼を閉じているのだ。

「すみません、回復魔法が使えたら良かったのですが……」

「い、いえ、大丈夫だから！　つ、続けて」

「はい」

　濡れた顎を拭おうと、鞄から手巾《ハンカチ》を取り出して拭おうとしたが——フリルが見えてぎょ

っとする。

フリル付きの手巾《ハンカチ》なんぞ、遠征に持ってくるわけがない。これは……何というか、その、強いて言えば私のパンツだ。

慌てて鞄の中に仕舞い込む。危なかった。危うく大変な物でザラさんの顔を拭ってしまうところだった。

改めて手巾《ハンカチ》を取り出し、顎を拭って傷薬を塗る。

「終わり？」

「いや、ちょっと待ってください」

ザラさんはまだ、瞼を閉じている。辛そうな感じはなくなったけれど、まだ顔が赤いような。

解熱剤は粉薬だったので、溶けてなくなってしまった。

そこで思い出す。風邪を引いた時に、母がしてくれたおまじないを。それをしてもらえば、すぐに良くなったのだ。今思えば、あれは魔法だったのかもしれない。

楽になるかもしれないので、試してみる。

「ちょっと失礼しますね」

「え？」

ザラさんの前髪をかき上げ、額と額をくっつける。

「メ、メルちゃん⁉」

「動かないでください」

母親が言っていた呪文を必死になって思い出す。

「血は血に……骨は骨に……失くしたものを癒しませ」

顔を離し、ザラさんの前髪をちょいちょいと指先で綺麗に整える。

いいですよと言ったら、目を丸くしながらこちらを見ていた。

「これ、風邪の時に母にしてもらった、フォレ・エルフのおまじないなんです」

「おまじない？」

「はい。すみません、こんなことしかできなくて」

「いいえ、ありがとう」

とても元気になったと言ってくれた。


はてさて。応急処置は済んだけれど、依然としてガクブルと震えている。寒いのだ。

ザラさんは火を熾こそうと頑張ってくれた。その辺で蔓を採ってきて、石と石を打ち付ける方法を試したのだ。火花を発生させることには成功したけれど、蔓に燃え移らせることができなかった。多分、蔓が湿気《しけ》ているのだろう。

「そういえば、メルちゃんのおまじないで思い出した」

ザラさんの村では火は命を守る大切なもので、十歳になれば発火魔法を習うそうだ。

「私も祖母に習ったんだけど、魔力の量が少なくて使えなかったのよね」

大人になったら魔力値も上がるので、じきに使えるようになると言っていたらしい。

「十五の時に村を出て以来、試していなかったんだけど」

ザラさんは拾った石を使い、地面に魔法陣を描く。

「これは古代語の呪文、『イグニス』。篝火《かがりび》という意味があるの」

円陣の中心に、三角形にゆらゆらと波打つ線が描かれる。

ザラさんは呪文を呟いた。

――発火《イグニシオン》せよ！

ボン！　と音を立てて火が巻き上がる。けれど、一瞬で消えてしまった。

「やっぱり、ダメ、か……」

魔力の消費が激しいからか、ザラさんは額にびっしりと汗をかいていた。

私は鞄から手巾《ハンカチ》を取り出し――おっと、これはパンツ。本日二回目でイラッとしてしまい、遠くへと投げつけてしまった。

改めて手巾《ハンカチ》を取り出して、額の汗を拭ってあげた。

「大丈夫ですか？」

「ええ、平気。もう一度――」

「ちょっと待ってください」

私はナイフを取り出して一回ふうと息を吐き、手の平に刃を当てた。じわりと、血が滲み出る。

「やだ、メルちゃん、何を――」

「魔力は血に多く溶け込んでいるんです。私の血を媒介にすれば、きっと成功するはず。これを魔法陣に描くことに使っていただけますか？」

「なっ！」

早くしないと血が固まってしまうので急かした。

血の量が少ないので、ザラさんは先ほどよりも小さな魔法陣を描く。

そして、呪文を口にする。

――発火《イグニシオン》せよ！

すると、ボッと音を立てて、火柱を上げる炎。ごうごうと燃え盛り、消える気配はない。

「こ、これが、メルちゃんの……魔力の効果……？」

ザラさんは静かに目を見張り、驚いていた。私はというと――。

「や、やった～～！」

ばんざいをして喜ぶ。しかし、ザラさんが辛そうにしていることに気付いた。

「もしかして、魔力切れですか？」

「いいえ、そうじゃないの。メルちゃんの力が、あまりにも大きくて……」

「ザラさん?」

最後のほうは小声で、聞き取れなかった。

「いいえ、何でもないわ。……暖かいわね。メルちゃんの火は」

「ザラさんの魔法の知識のおかげですよ!」

何はともあれ、何とか火は確保できた。洞窟の中が一気に暖かくなる。

ザラさんの作った火はとても暖かく、震えることもなくなった。

「ありがとう。とても、助かったわ。でも、メルちゃん。ああいうの、今回で最後にしてね」

「すみません」

自分の血を提供する突拍子もない行動は止めてくれと、やんわり注意されてしまった。

それから、ザラさんとぼんやりと過ごすことになった。

倒れそうになるので、魔棒グラを杖代わりに強く握って座っている。

太陽は傾き、だんだんと暗くなっていった。

「ルードティンク隊長達、夜は行動しないだろうから、捜索再開は明るくなってからでしょうね」

「ええ、そうね」

気を紛らわすためにポツリ、ポツリと会話していた。

スラちゃんは外に出たそうにしていたけれど、ガルさんがいないので、魔法瓶の中で我慢してもらっている。色は緑色から橙色に戻ったので、一安心だ。あとは救出を待つだけ。

口には出していないけれど、お腹が空いた。

ぶよぶよパンは食べる気にはならない。川には魔物が棲んでいるのだ。そこに浸かったパンなんて、とても——。けれど一応、パンは火の傍に置いて、水分を飛ばしている。

極限までお腹が空けば、食べることになるだろう。

「メルちゃん、その、大丈夫？」

「……ダイジョブです」

ザラさんには言えないけれど、お腹空いたよ～～!!

あつあつのスープに、ふかふかのパン、脂滴るお肉に、ふっくら焼かれた魚。酢漬け野菜に、塩を振った炒り豆、干し肉……。

食べ物のことで、頭がいっぱいだ。

ああ、お昼にたくさん食べておけば良かった。

夜にいっぱい食べようと思って、我慢なんてしなければ、今、こんなに飢えていないだろう。

ふやけたパンは食べたくない。

不味《まず》い物は嫌だ。

おいしい物が食べたい。

私は、私は——。

ぐうと、お腹が鳴った。ザラさんにも聞こえただろう、恥ずかしい。

カッと、顔が熱くなったが、

「え？」

「んん？」

同時に声を上げる私とザラさん。いつの間にか、目の前に黒い魔法陣が出現していたのだ。

ガルさんの武器が発動した時の魔法陣に似ている。

「も、もしかして、魔棒グラの能力？」

グラは古代語で暴食という意味がある。

まさか、食べ物関係の能力？

私は魔法陣に浮かんでいる文字を読んだ。

「えっと……」

——食材を選べ。

「うわ！」

こ、これは、食材を生み出す魔法陣？

私は震える手で、あとを追う。すると、選択肢のような円が浮かんできた。

食材名：タルタルーガ
「タルタルーガ……響きは古代語みたいですが、意味はわかりません」

「なんか、ちょっと聞いたことがあるような、ないような」

「そんな感じですね」

多分、これは食材を作り出す魔法なのだろう。

選択肢は一つしかないけれど、空腹なのでありがたい。私は魔法陣に浮かんだ文字を押した。

魔法陣は光に包まれる。

同時に、襲われる脱力感。どうやら、自身の魔力を消費して作り出す仕組みらしい。

タルタルーガとは、どんな食べ物なのか。ドキドキしながら光が退《ひ》くのを待っていたら
――。

「んん？」

「あら？」

魔法陣の上にある食材を見て、呆然とする。

そこにあったのは、黒い甲羅を持ち、長い首と短い手足を持つ――川鼈《スッポン》。

まさか、食材ってこれなの？　タルタルーガは川鼈《スッポン》という意味の古代語だったのだ。

それにしても、川鼈《スッポン》って……。

香辛料も何もない状態で食べるのはかなりキツイだろう。けれど、空腹には勝てない。

川鼈《スッポン》はすでに息絶えているようで、微動だにしていない。

「これを、食べるしかないんですね……」

私の魔力と引き換えに生まれた食料。無駄にするわけにはいかない。

腰のベルトからナイフを引き抜き、見つめたまましばし沈黙。

「鍋がないので、ナイフの煮沸消毒もできないんですね」

「ええ。少し危ないけれど、直接火で炙るしかないわね」

ザラさんと川辺に行き、炙ったナイフで川鼈《スッポン》を捌く。

「この辺りは川の流れも穏やかなんですね」

「ええ。でも、メルちゃんの身長と同じくらいの水深はあるから、気を付けて」

「はい」

川を覗き込むと、魚が優雅にスイスイと泳いでいた。道具がないので、あれを捕まえることは難しいだろう。蔓に餌を付けて、釣りのようにして……いや、無理だ。餌もないし。

はあと大きな溜息を吐き、血抜きを行う。

「ザラさん、血、飲みます?」

「そのままだときつそうね」

「はい、どぎついです」

栄養価は高いけれど、割る酒もないので川に流す。

サクサクと解体し、着替えのシャツに肉を並べた。

「これをどうやって焼けばいいのか」

「困ったわね」

周囲をキョロキョロと見るけれど、串刺しに使えそうな枝などはない。

そのまま火の中に入れたら、一瞬にして炭と化するだろう。

「そうね……だったら、石焼きにしたらどうかしら?」

「石焼きですか」

ザラさんは川辺にあった平たい石を持ち上げる。

「これを火の中で熱するの」

「ああ、なるほど。天然の石鍋になるわけですね」

その案を採用する。

ザラさんは平たい石を洞窟へ持ち帰った。魔法陣の傍に置き、魔棒グラで火の中に入れた。

するととと、瞬く間に石は真っ赤に染まった。


「なんか、もう使えそうね」

「ですね」

そういえば、ここは魔石の原石があると言っていたような。

「だったら、魔法で作った炎と、魔石の原石は相性がいいのかもしれないわ」

「はい」

ザラさんが魔棒グラを使い、赤くなった石を火から掻き出した。

川鼈《スッポン》の肉を、石鍋の表面に並べていく。

ジュウジュウと、音を立てて焼ける川鼈《スッポン》。その、何て言うのか、漂う香りは少々独特だ。

やはり、香辛料で臭み消しをしなければならないのだ。

思いっきり煙を吸い込んでウッとなり、口元を手で覆う。

ナイフで肉をひっくり返す。火力が高いので、短時間で焼き上がった。

川鼈《スッポン》肉は石鍋から手巾《ハンカチ》の上に移した。食欲をそそらない匂いと見た目が、悪い意味でたまらない。

外を見ると、陽が沈んでいた。どうやら、ここで一晩過ごさなきゃいけなくなりそうで、こっそり落ち込んだ。気を取り直して、食事の時間にする。

フォークや匙など、崖で紛失してしまったので、ナイフに肉を刺して食べるという、山賊スタイルでいただくことに。

神様に祈りを捧げ、いただきます。

表面がカリカリになった川鼈《スッポン》のお肉。獲れたて新鮮、できたてほやほやなのに――。

「うっわ、まっずい!!」

叫んだ。力の限り叫んだ。

まずい……まずい……まずい……と、私の声が洞窟の中に響き渡る。

昼間、スープとして食べた時はあんなにおいしかったのに、臭み消しの香辛料がないだけでこんなに肉が不味くなるなんて。驚きだ。

「ザラさん、大丈夫ですか?」

「……ええ、春先の、雄の猪豚肉《スース》よりは、ぜんぜん平気」

ザラさん曰く、繁殖期の動物はとにかく臭くて、食べられるような物ではないらしい。

春になっても雪解けが終わってない村では、食べるしかなかったよう。

ザラさんの故郷は、私が住んでいたフォレ・エルフの森よりもずっと、過酷な場所だったようだ。

たくさんおいしい物を食べて、お腹いっぱいになってもらいたいけれど、材料が川鼈《スッポン》のみというのは、なかなか辛い。

「しかし、この魔棒グラの魔法は不思議ですね」

「ええ。どうして川鼈《スッポン》だけなのかしら？」

選べるのは、今日食べた物だろうか？　それだったら、選択肢がもっといっぱいあってもいいはずだ。

朝食べたのは、燻製肉と冬根菜のチーズスープ。それから、ゆで卵に焼きたてのパン。出勤前にはアメリアと果物を食べた。ザラさんから貰った焼き菓子も食べたし、リーゼロッテがくれたチョコレートも食べた。どれもおいしかったことを振り返る。

今日一日食べた物を思い出し、切なくなった。

「そういえば、お昼に川鼈《スッポン》の甲羅を魔棒グラで叩いた気がします」

「だったら、触れた食材を作り出せるようになるとか？」

「そうかもしれな――あ」

そういえば、この前ルードティンク隊長が魔棒グラで山兎《ヒース》を倒していたような。けれど、選択肢に山兎《ヒース》はなかった。

「ってことは、メルちゃんが直接触れた食材？」

「その可能性もありますね」

山兎《ヒース》肉があったらどんなに良かったことか。よりによって、川鼈《スッポン》のみとか。

「今はありがたく、川鼈《スッポン》をいただくしかないわね」

「ええ」

私は意を決し、川鼈肉《スッポン》をナイフに突き刺す。そのあとも――。

「えんぺら、えんぺらは無理!!」

「じゅわっと、生臭さが口の中に広がって……えんぺらっ、ぐぬぬ！」

「ウッ、川の恵み、ありがとウッ!!」

「頑張れ、頑張れ私!!」

などと、声を上げながら、頑張って川鼈《スッポン》を食べきった。

ザラさんは終始お上品に食べていたけれど、死ぬほど不味い思いをしながら飲み込んでいたに違いない。こういう時に育ちの差が出てしまう。

お腹いっぱいにはならなかったけれど、飢えはしのげた。ザラさんは足りなかっただろう。

「メルちゃん。もう、寝ましょう」

「はい」

交代で見張りをするらしい。ザラさんは先に寝ていいと言ってくれた。

眠れるかどうか不安だ。布団もなければ枕もない。と、思っていたけれど――。

「ぐう」

疲れていたせいか、意識はあっという間に飛んでしまった。

＊

洞窟に差し込む陽の光で目を覚ます。朝日が眩しい……。

ん、朝日だと⁉

「――うわ‼」

私は慌ててガバリと起き上がる。交代しなければいけなかったのに、うっかり一晩中眠っていたのだ。

「メルちゃん、おはよう」

「おはようございます、って、あの、すみませんでした‼」

平伏しつつ謝罪する。

「いいの。なんか、ぜんぜん眠れそうになくて」

「すみません、本当にすみませんでした」

「気にしないで」

「ですが～～」

だったらと、ザラさんは提案してくれる。

「今度、いつでもいいから、また肉団子のシチューを作ってくれるかしら？」

「はい、もう、喜んで！」

とびきりおいしい肉団子のシチューを作る約束をした。

肉団子の話をしていたら、お腹がぐうと鳴る。

「どうします？」

「私、考えたんだけど」

ザラさんは食料確保案があるらしい。

「魔石の原石を熱するでしょう？　それを、川に放り投げるの」

「なるほど！」

そうすれば、川の一部は沸騰状態となり、魚が水面に浮かんでくる。

普通の石ならば難しいけれど、魔石の原石ならば上手くいくような気がする。

さっそく、手の平大の石をいくつか拾い、火の中に投下。すぐに真っ赤になる。

その中でも大きな石を、ザラさんは魔棒グラで掻き出し、コロコロと器用に川のある方向へ転がしていった。そして、どぶんと熱した石を川に落とす。

一瞬だけ、ゴポリと沸騰するような気泡が浮かんだ。

そして――。

「うわ、すごい！」

魚が数匹、ぷかぷか浮かんできたのだ。私は着替えのシャツを広げ、魚を掬う。全部で十匹獲れた。

「大漁です！」

「良かったわ」

ザラさんの作戦は大成功。

「よく、こういうのを思いつきましたね」

「実は、うちの村にある、古い漁の知識なの」

「そうだったのですね」

おかげさまで、まともな食事にありつけそうだ。

もう、臭い食べ物を口にしたくないので、腸はナイフで取り除いておく。

「あ、そうだ」

石鍋で焼く前に、魚を魔棒グラでポンッと叩いておいた。

「これで、魚が作れるようになればいいのですが」

「ええ、そうね」

調味料などないので、そのまま石鍋で焼こうとしたが――。

「ん？」

スラちゃんが魔法瓶の中でガタガタと震えていた。

何かを伝えたいのか。先ほど水は与えたので、空腹ということではないと思うけれど。

こんな風に震えることはないので、いったいどうしたのだろうかと。

わかるのは、危険を知らせる系のものではないということ。何となくだけれど。

「散歩に行っていないから、出してほしいのでしょうか？」

「わからないわね」

でも、ガルさんがいないので、出さないほうがいいだろう。

ごめんね、スラちゃん。手と手を合わせ、謝罪しておいた。

調理を再開させる。

石鍋に魚を並べ、ジュウジュウと焼いた。火力が強いので、すぐ焼ける。

石に身が付かないのは、魔石の原石だからか。かなり助かる。

こんがり焼けたおいしそうなお魚。神様に祈りを捧げ、戴く。

ナイフで魚を解し、刃に身を載せて食べた。

「――ウッ‼」

身は柔らかく、口の中で解れて、そして、噛むとほんのりとした甘みが……。

「おいし〜い!!」

獲れたての魚は、驚くほどおいしかった。よく噛んで、川魚を堪能する。

夜の間、ザラさんが制服を火の近くで広げて乾かしてくれていたようだ。

「ありがとうございます、助かりました」

制服は皺だらけでごわごわだけど、乾いた服があるだけで幸せを感じる。

昨日投げたパンツも回収に行った。丸まったまま乾燥していた。

それは鞄の中に入れる。

鞄の中もほぼ乾燥していた。魔法で作った火の効果なのだろうか。

パンツは替えの物に穿き替えた。

制服に着替えると、ザラさんがある提案をする。

「メルちゃん、契約印の力が使えるか、もう一度確認してくれるかしら?」

夕方から夜にかけて、魔力の濃度が濃くなるらしい。今だったら、アメリアと繋がることができるのではと、ザラさんが教えてくれた。

「はい、試してみます」

「もしも繋がったら、皆と一緒に行動しているだろうから、どんな状況か、見てほしいの」

「わかりました」

手の甲にある刻印《ホールマーク》に触れてみる。

「――え？」

一瞬だけ、アメリアと視界を共有することに成功した。

目の前に映し出されたのは、森の中で蔓に拘束されたリーゼロッテの姿。

「嘘……な、何でですか⁉」

「メルちゃん、どうしたの？」

ザラさんにアメリアとリーゼロッテが置かれた状況を説明する。

「なるほどね……」

今まで呑気に、ルードティンク隊長が私達のことを捜してくれていると思い込んでいた。

まさか、拘束されていたなんて。

「すみません。明け方とか、もっと早く調べたら良かったですね」

「いえ、武器もなく、空腹で、服も濡れている私達にできることは何もないわ」

「……はい」

これからどうするのか。

ザラさんは顎に手を添え、何かを考える素振りをしていた。

ここは渓谷の下流だろうから、崖を登って山小屋のある場所に行くだけでも苦労しそうだ。早くても、半日以上かかるだろう。

近くの村までは馬で一時間ほど。だけど、騎士隊の駐屯地はない。三時間ほど走った先にある街に、騎士隊は配備されている。

今から出発して、上手い具合に辿り着いても、夕方か夜だろう。

夜は魔物が多いので、行動できない。

よって、ここに戻ってこられるのは早くても明日の昼くらいか。

それまで、ルードティンク隊長達の身が安全かはわからないのだ。

ザラさんは考えがまとまったのか、落ち着いた様子で話し出す。

「これは推測なんだけれど、山に入った時に戦ったのは、魔物ではなく精霊かもしれないわ」

「精霊、ですか」

「ええ。ガルさんやメルちゃん、アメリアが直前まで気配に気付かないなんておかしいもの。それに、一般的な魔物は魔法が使えないの」

ほうほう、そういうわけか。

けれど、いったいなぜ？

「それは……森の精霊の怒りに触れた、とか？」

「そういえば、前に魔法研究局が調査にやってきたとか、言っていましたね」

そうであれば、騎士隊に助けを呼びに行くのは逆効果だろう。

「ザラさんはどう思います？」

「多分、私達二人で行ったほうがいいのかなと」

「私も同じ意見です」

しかし問題もある。どうやって、森の精霊の怒りを鎮めればいいのか。

「私とメルちゃんの村のやり方は、ちょっといただけないわね」

――人身供儀《じんしんくぎ》。人の命と魔力を捧げ、許しを乞う。

そんなこと、してはいけない。ぶんぶんと首を横に振る。

ザラさんも絶対にそんなことなどしないと、断言してくれた。

けれど、手ぶらでは行けないだろう。

「だったら、メルちゃんが魔棒グラで作り出した食料を捧げるのはどうかしら？」

私の魔力で作り出した食材であれば許してくれる――だろうか。

私は魔棒グラを握りしめ、うんうんと念じる。

「…………」

うん、無理。術式は発動しなかった。

「多分、空腹が引き金になっているのでは？」

「そうかもしれませんね」

まったく使えない、この能力!!

がっくりと、その場に膝を突いて項垂《うなだ》れる。時間がもったいない。次の議題に移る。

「メルちゃん、みんながいるだいたいの場所はわかる？」

「え～っと……」

再度、契約刻印《ホールマーク》に触れる。

場所は、渓谷より南側の森の奥地。それから、アメリアの気持ちが流れ込んでくる。

――何するんだ、この、精霊!!

――リーゼロッテの魔力食べないで!!

――お腹空いたよ～～。

――メルおかあさん……会いたい……。

アメリアの言葉を聞いて、ボロボロと泣いてしまう。

お腹を空かせているなんて。それに、私に会いたいとか……。

「メルちゃん？」

「ご、ごめんなさい」

手巾《ハンカチ》を取り出し、涙を拭ったが――これ、よく見たら着替えのパンツ。でも、もう、どうでもいい。

私もアメリアに会いたい。悲しくなった。

けれど、メソメソしたって仕方がない。話し合いをしなくては。

「やっぱり、精霊の仕業みたいです。ザラさん、どうすればいいと思いますか？」

「そうね」

まず、騎士隊の制服のままで行くのは良くないだろうという助言を受ける。

「確かに、森を通った商人などは襲われていないので、服装も見ているのかもしれないですね」

騎士隊の制服と、魔法研究局の制服の意匠《デザイン》はよく似ているのだ。

「だったら、一度麓まで戻って、馬で近くの村まで行って身支度を調えたほうがいいです」

「ええ、そうね。でも問題は――」

まず、ザラさんが武器を持っていないこと。魔物との戦闘になれば、圧倒的に不利になる。

「ごめんなさい。ナイフ一本では、とても、メルちゃんやスラちゃんを守れないわ」

「いえ……私も役立たずで……」

どうしようか。そんなことを考えていると、魔法瓶の中のスラちゃんがグラグラと激しく揺れる。

「スラちゃん……？」

「何か伝えたいようね」

昨晩も何か伝えようとしていたけれど、結局ごめんねと謝ってスルーしたのだ。

「ザラさん、スラちゃん出しても大丈夫だと思います？」

「どうかしら？　ガルさんはいないし……。でも、昨日よりも何か、強く訴えているようなな」

「ですよね」

スラちゃんとの付き合いは長くない。でも、逃げたり、悪い事をしたりするようには思えなかった。

ザラさんと話し合った結果、魔法瓶を開けることにする。蓋を開けると、ぷるんと外に出てくるスラちゃん。触手のような物を作り出し、身振り手振りで私達に何か伝えようとしているが、まったくわからない。

最終的に、スラちゃんがぶるぶると震え始める。

橙色の体が発光し、魔法陣が浮かび上がった。そして――。

「え？」

「これは！」

魔法陣から湧き出るように流れ始めたのは、淡く光る水。これは――聖水！

「スラちゃん、これ！」

「聖水だわ！」

すごい。こんな物を生成できるなんて。

聖水を頭から被ると、魔物避けになるのだ。貰ってもいいのかと聞くと、スラちゃんは二本の触手をくっつけて丸を作る。問題ないということだろう。

私とザラさんは、聖水を振りかけた。これで、魔物問題は解決だろう。

「それにしても、スラちゃんすごいですね。聖水を作る力があるなんて」

スラちゃんは否定するように、ぶるぶると左右に震える。

「聖水を作る能力はないってこと？」

スラちゃんは触手で丸を作った。

「どういうことなんでしょう？」

「う〜ん。あ、もしかして、今まで摂取した物を、取り出せるような能力？」

スラちゃんはばんざいをして、触手で丸を作った。ザラさんの解答は大正解らしい。

「ということは、聖水の残りはないということでしょうか？」

頭の上からしゅっと、四本の触手を作り出す。

「これは……何かしら？」

「もしかして、聖水四回分、ということですか？」

スラちゃんは丸を作った。聖水はあと四回、出せるようだ。

「食事を作っている時も、何か出してくれようとしていました?」

肯定するように、触手で丸を作り出すスラちゃん。

ぶるぶると動くと、魔法陣が浮かび上がる。中から出てきたのは柑橘の欠片《かけら》と、ひと匙の塩、薄荷草《ミンツェ》の葉が二枚。

「これ、昨日スラちゃんが飲んだ水の材料です。調味料を提供してくれようと、していたのですね」

「へえ、すごいわね」

第二部隊の飲料水には、殺菌作用のある薬草と絞った柑橘類、塩を入れている。どうやら、飲み物の材料を分解し、再構成できるようだ。

「すごい、これが、スラちゃんの力!」

「素晴らしい能力ね」

「はい！　スラちゃん、ありがとうございます!」

お礼を言うと、胸を張るスラちゃん。そんな彼女（?）に、深々と頭を下げることになった。

＊

さっそく、ザラさんとスラちゃんと共に、行動を開始する。

斜面に生えている蔓を伝って、森へ繋がる斜面を登った。

幸い、山道に繋がる斜面は上流よりもなだらかで、私でも手助けなしで山道まで到達することができた。

あとは麓を目指して下りるだけ。

一応、聖水をふりかけているけれど、ザラさんは警戒のため、鞘からナイフを引き抜いた状態で歩く。私も、魔棒グラをぎゅっと握り締めながらあとに続いた。

森は不気味なほどに静かだった。不安が掻き立てられる。

ザラさんも同じだったようで――。

「……私の武器も回収できたらいいんだけれど」

「ですね」

ザラさんの魔斧ルクスリア。崖から落ちる前に放り投げてしまったらしい。やはり、武器がないと心もとないのだろう。

下山を始めて三時間ほど経っただろうか。

何か食べられる草木がないかと確認しつつ進んでいたが、どれもこれも毒草、毒の実ばかり。これだけ徹底的に何もない森なんて初めてだ。

そして、当然ながらお腹は空く。

「あ、何か使えそうな！」

魔棒グラの食料魔法。棒をぎゅっと握り締め、魔法陣よ出ろと念じる。

すると、目の前に浮かぶ発光する円形の呪文。

「やった!!」

やはり、空腹の時限定の魔法のようだ。

魔法陣の中に円形が浮かぶ。これは、選択肢だろうか？　この前は一つしか浮かんでこなかったけれど、今回は三つ出てきた。

もしや、川鼈《スッポン》、魚、柑橘類、とか？

選択肢が増える条件を、食材に触れると仮定し、いろんな物に試していたのだ。

ドキドキしながら魔法陣を覗き込めば――。

――食材を選べ
食材名：川鼈《スッポン》。

食材名：川鼈《スッポン》。

食材名：川鼈《スッポン》。

まさかの、川鼈《スッポン》の三択!! いや、一択か。

なんで同じ食材の選択肢が三つ出てきたんだよと、怒りがこみ上げてくる。

お腹がぐうと鳴っていたが、食材は川鼈《スッポン》のみ。

「ええ〜〜、川鼈《スッポン》は、ちょっと……」

焼いただけの川鼈《スッポン》は二度と食べたくない。ザラさんにも聞いてみたが、微妙な表情を浮かべていた。

血を洗い流す川もないし、ここで捌いて食べるのは難しいだろう。

「それにしても、魔力で作れる食材が増える条件は『魔棒グラで触れる』じゃないんですね」

「ええ……もしかしたら、生きている食材に触れる、かもしれないわ」

「なるほど」

謎はちょっとだけ解明したけれど、空腹問題は解決せず。

そういえばと思い出す。精霊に川鼈《スッポン》を捧げようとか話していたのだった。

魔棒グラで川鼈《スッポン》と書かれた文字を突く。すると、カッと光に包まれ、黒い物体が浮かび上がる。

「——え!?」

が、以前と違うその姿。川鼈《スッポン》はうごうごと動き、長い首を突き出していた。

「嘘……生きてる！」

前回は息絶えた状態だったのに、今回はなぜか生きている。いったいどうしてと、頭を抱えることになった。とりあえず考えてもわからないし、逃げそうだったのでザラさんが捕獲して革袋に入れて閉じ込めた。

「この魔法、本当に何なんでしょう」

「不思議ね」

そうとしか言えない。私達は空腹に耐えながら先を進む。

途中、精霊と戦闘をした辺りの道に行きあたったが、現場にはアメリアの羽根の一枚も落ちていなかった。ザラさんの魔斧ルクスリアも。

がっかりと肩を落としつつ、下山した。


やっとのことで山の麓まで辿り着く。

管理人のおじさんに、仲間と逸《はぐ》れてしまった旨を説明したら、同情してくれた。

しかも、空腹の私達にスープとパン、葡萄《ブドウ》味の果実汁を分けてくれたのだ。

さっそく、スラちゃんに果実汁を与える。橙色なスラちゃんの体は、紫色に染まった。

そして、私達も半日振りの食事にありつく。

温かなスープは疲れた体に沁み入るよう。野菜の欠片と塩のみのシンプルなものだったが、十分おいしかった。パンは堅焼きで、スープでふやかしながら食べる。

おいしい。人の文明が加わっている料理はおいしいのだ。感動した。

「ありがとうございました」

「いえ、村に行けば、もっとおいしい物もありますので」

川鼈《スッポン》に比べたらごちそうだ。ありがたい気持ちでいっぱいになる。

「しかし、はぐれた方々も心配ですね……」

ここ一年ほどで、この森は大きな変化を遂げたらしい。

「元々は、緑が薄く、枯れかけた森だったのです」

何の恵みももたらさない森であったが、隣国に繋がる山道があったので、商人などが通ることはあった。長い間、それ以外の者は近寄らない寂しい場所だったとか。

「変化があったのは一年前。驚くほど豊かな森になったのです」

原因は不明。魔法研究局の人達が調査に当たったが、解明には至らなかったと言う。

「村の爺さん、婆さん達は、精霊様が森に戻ってきたんだと言っていますが」

「今まで、精霊はいなかったのですか？」

「はい、村に伝わる伝承では、半世紀前の山火事でいなくなってしまったと」

「なるほど」

森や渓谷の魔力上昇の理由は、精霊がやってきたことによるものだろう。

しかし、その点は今回の資料に書いていなかったような。もしや、魔法研究局の局員は聞き込みをしていなかったとか？　そうであれば、呆れたの一言だろう。

私達は管理人のおじさんにお礼を言って山小屋を出て、預けていた馬を駆って村へと向かう。

一時間後、辿り着いた村で身支度を調えることにした。

村の規模は民家が三十軒、商店が二軒、食堂が一軒、宿屋が二軒と小さい。村と言うより、集落と言ったほうがいいだろう。

石造りの家は初めて見た。隙間なく積まれており、色合いなども綺麗に見えるよう敷き詰められている。見事な職人技で、芸術品のようだと思った。

さてさて、ぼんやりと村を眺めている場合ではない。

「ザラさん、こちらを……」

現在の所持金である、銀貨二枚が入った財布を差し出す。

「メルちゃん、そんな」

「どうぞ使ってください」

ザラさんは武器を手に入れなければならない。多分、ここで武器を取り扱っていたとしても、高価だろう。

さっそく、お買い物をする。

二軒ある商店の内の、何でも屋さんっぽい店に入った。

「いらっしゃい」

愛想のない初老の店主が、まったく歓迎していない声色で声をかける。

店内は雑多で埃っぽく、靴や鞄、本、服に絨毯など、種類別に積み上げられていた。

ザラさんは服の山の中から、撚糸《ラチーヌ》の分厚い外套を二枚に、シャツ、ズボンなどを発掘する。

「メルちゃんはこれでいい？」

選んでくれたのは、灰色の長い外套に白シャツ、黒いズボン。

値札を見ると、相場の倍以上でぎょっとする。新品ではなく中古品なので、余計にぎょっとした。

次に武器を選びに行ったが――。

「あ‼」

「こ、これは……」

ザラさんの武器、魔斧ルクスリアがセール品の値札付きで売られていたのだ。

セール品といっても、値札には金貨一枚とある。

「嘘でしょう？」

「きっと誰かが拾って、売りに来たのですね」

私は店主に抗議を言いに行った。

「あの、すみません、あの武器、私達の所有物なんですけれど！」

「はあ？」

「森で紛失したんです」

「知らねえなあ」

何だと〜〜!?

ぐぬぬと怒りで震えていたけれど、ザラさんに落ち着くように言われた。

とりあえず、身分を示す騎士隊の腕輪を見せる――が、店主は眉一つ動かさない。

それどころか、チッと舌打ちをするばかりであった。

どうやら、騎士隊の駐屯地がないここの村では、騎士のご威光はゼロの模様。

何も言っても曲げそうにないので、買うしかないのか。

「盗品を金貨一枚で売るなんて、どうかしています」

「アレは、表面はメッキだが中身は黒鋼製のいい品だ。金貨一枚でも安いくらいだ」

ぐぬぬとなる。どうやら、店主の目利きは確からしい。

「買うしかないわね」

「ですが」

ぽんと肩を叩かれる。諦めろということだろう。しかしながら、私とザラさんの所持金だけでは足りなかった。

「だったら、これで足りるかしら？」

ザラさんは赤い小粒の宝石が付いた耳飾りを外す。

「これは――！」

いいのかと、ザラさんの顔を見る。いつも同じ耳飾りを着けていたので、大切な物ではないのか？　オシャレで着けていたのならば、違う物も装着していただろう。

「あの、それ、本当に大丈夫なんですか？」

「いいの」

「ザラさん……」

店主のほうを見れば、にやりと笑う。嫌な予感しかしない。

「まだちょっと足りねえな……そうだ、お前さんの綺麗な金の御髪《おぐし》を追加で買い取らせてくれたら、品物の引き換えに加えて、半銀貨一枚やろう」

店主は、ザラさんのほうを指差しながら言う。

女である私を差し置いて、ザラさんの髪が美しいと評価する店主。若干悔しいような。

なんでも鬘《かつら》を作れば、貴族相手に高値で売れるらしい。髪の毛が売り物になるなんて、知らなかった。

私は川鼈《スッポン》の存在を思い出し、買い取りできないかと交渉を持ちかけたが、半銅貨一枚にもならないと言われてしまった。

「そんな泥まみれの亀、誰が欲しがるかよ」

そう言ったら、川鼈《スッポン》は首を突き出し、店主に噛み付こうとしていた。

「お、おい！　それを、早くしまえ！」

「あ、はい。すみません」

ザラさんは溜息を吐き、返事をする。

「……わかったわ」

「え、ザラさん、そんな」

「大丈夫」

「ですが」

「最近、ちょっと手入れを面倒に思っていたから、ちょうどいいわ」

そう言って頭のてっぺんで結んでいた髪を解き、纏めて掴むとナイフでザクッと切る。

「これでいい？」

「上等だ」

危うく所持金ゼロになりそうだったけれど、食材などを買う半銀貨を手に入れることができた。けれど、ザラさんの髪の毛が……。

「すみません、ザラさん、私、何にもできなくて」

「斧は私のだし、気にしないで」

でも、でも、ザラさんは大切な物を失ってしまった……ように思える。

それが申し訳なくて、何だか悲しかった。店を出ると、ダラ～ッと涙が出てくる。

「メ、メルちゃん⁉」

恥ずかしくて、買ったシャツで涙を拭うけれど、ごわごわしていて水分を吸い取らない。

何てことだ。

チラチラと、村人からの視線が突き刺さる。ザラさんに誘導され、人通りの少ない店の壁側に移動した。

「ごめんなさいね、辛い思いをさせてしまって」

「辛いのは、ザラさん、ですよ……」

綺麗な髪の毛だったのに、どこぞの禿げ貴族の鬘になるなんて！

それに、耳飾りだって売りたくなかっただろう。

「メルちゃん、大丈夫」

「だいじょばない、です」

ザラさんは私の肩に手を置き、身を屈《かが》めて視線を同じにする。

それから、優しい声で話しかけてきた。

「私ね、メルちゃんや、アメリア、それから、第二部隊のみんな以上に大切な物ってないと思うの。髪の毛はいずれ伸びるし、耳飾りは困ったときに使うよう、両親からもらった物だから」
「…………」
どちらも、特別な思い入れはないからと言ってくれた。良かった、のだろうか。混乱し
ていて、よくわからない。
ダメだ。みんなと別れてから、涙腺が弱くなって……。
ザラさんが指先で涙を拭ってくれた。
「あの店も、このままで終わらせる気はないから安心して」
「え？」
何か策があるんですかと聞いても、ザラさんは「ふふふ」と低い声で笑うばかり。きっ
と、私には到底思いつかないような仕返し（？）をするようだ。
――と、ここでぐだぐだしている暇はなかった。次は食料確保をしなければ。
食料品を売るお店は平屋建てで、八百屋さんみたいな雰囲気だ。けれど、雑貨屋同様、
何でも屋みたい。
パンに野菜、果物、肉に調味料、保存食などなど。雑貨屋とは違い、丁寧に並べてある
のが好印象である。意外と安くてびっくりした。乳製品や燻製肉などは村の家畜から作っ
た物で、野菜、果物などは村で育てている物らしい。売っている物のほとんどが地産なの

で、こんなにも安いのだ。

第二部隊全員分のパンと干し肉を購入する。それから、アメリアの果物も。

魔法瓶の中にいるスラちゃんに何か食べたいかと聞くと、果実汁がいいとぶるぶると震えた。果物とかじゃなくていいのかと聞くと、いらないとばかりに左右に震えた。

もしや、液体しか摂取しないとか？　あとでガルさんに聞いてみなければ。

買い物が思いの外安く済んだので、お金が余った。

「メルちゃん、残りは何か食べていきましょう。着替えもしなきゃいけないから、宿屋をちょっと借りて……」

「ええ、そうですね」

二軒ある宿屋のうち、食堂があるほうを食料品店の店主から教えてもらった。

紹介してもらった二階建ての宿屋は、古びているけれど掃除は行き届いているし、女将《おかみ》さんの愛想が良かった。食事とお風呂、それから二時間の休憩はいくらかと、ザラさんが尋ねる。

「あら、二時間でいいのかい？」

「ええ、すぐに出ますので」

「あらまあ、急ぐ旅かね？」

「……はい」

親切な女将さんは、一人当たり銅貨五枚でいいと言ってくれた。

「大変だねえ、新婚旅行だろう？」

女将さんの言葉に、ぎょっとするザラさん。

私は何となくそういう風に見られているだろうなと、想像できていたけれど。

ザラさんは困惑しながら、首を横に振る。

「え、いいえ、私達は――」

「そうなんです！」

未婚の男女が急ぐ旅をしているなんて、不審に映るだろう。女将さんは私達が夫婦に見えたからこそ、安価で部屋や食事を提供してくれるのだ。だから、新婚旅行をしているように装わなければならない。

「すみません、うちの人、照れ屋で」

「男はみんなそうなのさ」

女将さんは疑う様子もなく。ひとまずホッ。二階の部屋まで案内してもらう。

「食堂とお風呂は一階、三十分後くらいには準備できていると思うから」

「ありがとうございます」

頭を下げ、お礼を言う。ぱたんと扉が閉まると、ザラさんが物すごい速さで振り返った。

「メルちゃん、し、新婚旅行って⁉」

「え、だって、未婚の男女二人旅なんて変でしょう？　宿を利用させてもらえない可能性があったので」

「あ、そ、そうね……そうだったわ」

何だろう。雑貨屋ではあんなに堂々としていたのに、些細なことで動転するなんて。そんなことよりも、気になっていたことがあったのだ。

「あ、そうだ、ザラさん。髪の毛、綺麗にしましょう」

適当にナイフで切ったので、ざんばら髪状態になっているのだ。

「私、弟とか父とかの髪切っていたので、結構上手いですよ！」

いや、そんなに上手いわけじゃないんだけれど、遠慮されてしまいそうだったので。ザラさんは慎ましいというか、人に迷惑をかけたくない人なのだ。なので、こちらがぐいぐいと、親切を押し付けるような勢いで行かなければならない。何だか、最近扱いがわかってきたのだ。

第二部隊の皆も、髪の短いザラさんを見たらびっくりするだろう。理由が、皆の救出に絡んでいたと知れば、悲しむことも想像できる。だからせめて、見た目をちょっとでも良くしておこうと思ったのだ。

「だったら、お願いしようかしら？」

「任せてください！」

ナイフでちまちまと、髪の毛を切る。家族の髪質と違い、サラサラの細い毛だったので切りにくかったけれど、何とか頑張って整えた。

肩などに落ちた毛を払い、髪切りが完了したことを伝える。手鏡を手渡し、確認するように勧めてみた。

「すごい……なんか軽くなったわ」

「ええ」

私に背を向けていたザラさんが振り返る。

髪は肩の高さまであったけれど、中途半端な長さだったのとすっきりしたいと言っていたので、思い切って短くしてみたのだ。それでも、刈り上げているルードティンク隊長よりは長いけれど。

「メルちゃん、どう？」

「え、あっ、その、かっこいいと思います」

「そう、良かった」

びっくりした。ザラさんは今までお姉さん感が強くて、男装の麗人って感じだったけれど、髪を短くしたらお兄さん感が強まった。何だか照れてしまう。

髪型とか長さって、重要なんだなと思う。

いろいろあったけれど、ザラさんに笑顔が戻って良かった。

いや、問題は何一つ解決していないけれど。

その後、お風呂に入る。スラちゃんが猛烈にアピールしていたので、一緒に連れていった。

風呂場は大きな桶にお湯が入っている程度の物だった。それでも十分ありがたいけれど。湯に指先を浸せば、ほど好い温度だった。温かな湯など期待していなかったので、かなり嬉しい。

女将さんから、湯の中の石に触らないようにと言われていた。覗き込むと、確かに入っている。これは、渓谷で発見した魔石の原石と同じ物だろうか。きっと、そうなのだろう。

スラちゃんを魔法瓶から出す。触手を生やし、湯をかけてくれと動かしていた。

アメリアだけでなく、スラちゃんまでもお風呂好きだったとは。意外すぎる。

服を脱いで入浴開始。

まったく泡立たない石鹸で髪と体を洗い、しっかりと湯を被った。


すっきりした！

一瞬でお風呂を終え、浴場を出る。雑貨屋で購入した服に着替え、食堂に移動した。

ザラさんは私よりもあとにやってくる。何だろう、この、男性よりも入浴時間が短いことを知る切なさ。まあ、いいけれど。

席に着くと、すぐに食事が運ばれてくる。

スープとパンと蒸かし芋、チーズに森林檎《メーラ》。それから果実汁。

焼きたてパンの小麦の香りを吸い込んだら空腹を思い出したのか、お腹がぐうと鳴った。

「たんとお食べ」

「ありがとうございます。いただきます」

料理はどれもおいしそうだ。

スープの具は豆と燻製肉！　豆は柔らかく煮込まれており、香辛料の利いた燻製肉とよく合う。

蒸かし芋にはバターが載っていた。熱でトロリと溶ける黄金色のバター。ホクホクでほのかな甘みがあり、バターの塩気との組み合わせは最高としか言えない。

フォークの背でバターと芋を潰し、焼きたてアツアツのパンに塗った。

あまりのおいしさに、溜息が出てしまう。

お腹がいっぱいになり、心も満たされる。女将自慢の料理は、どれも大満足の品々だった。

食事のあと、騎士の装備を購入した服の下に着ける。

鉄靴《サバトン》を履き、膝当て《バウレイン》、腿当て《クウィス》をズボンの下に装着する。上は前甲板《ブレストプレイド》に前当て《フォールド》の胸と胴を守る装備を着用。肩から下は腕防具《カノン》に肘当て《クーター》を身に着ける。

以上が非戦闘員に着用が義務付けられている騎士隊の装備品だ。戦闘員の隊員達はこれらに加えて、肩甲《ホールドロン》や顎当て《ラッパー》、篭手《ガントレット》などを装備する。

驚くべきは、服の下に着られるほど薄く軽いことだろう。しかも、防御力は抜群。岩鋼《ロカ・アセロ》という素材を使い、魔法研究局と魔物研究局が共同開発した物らしいが、詳細は謎だ。

しかも、これらの装備品は、前線で戦う遠征部隊のみに支給されているとか。謎が深まる。

そんなことはさておいて、準備が整ったので、森へ戻る。

皆を助け出すことなんてできるのか。不安だけれど、ザラさんがいる。スラちゃんだって。きっと大丈夫だと、言い聞かせる。

馬に跨り一時間。森の入り口付近までやってきた。再び管理人に馬を預け、森の中へと分け入る。

アメリアとの契約刻印《ホールマーク》に触れた。居場所をと強く念じれば、白く光る糸のような物が浮かび上がる。これを辿ればきっと行き着くだろう。

できるだけ体力を消耗したくないので、スラちゃんの聖水を使わせてもらった。

黙々と、森の中を歩いていく。

夜になる前には、何とか辿り着きたいが――道のりは険しい。

三時間くらい歩いただろうか。

「――あ！」

「メルちゃん、どうかした？」

「あの、鈴みたいな音が」

――リィン、リィン。

二度目の音が聞こえた瞬間、小さな黒い靄が浮かび上がる。

「あ、あの、私はメル・リスリスといいます。精霊様に、ご挨拶に来ました。お土産（※川鼈《スッポン》）もございますので、どうか、この先を通していただけませんか？」

目の前の黒い靄（精霊？）へ、必死になって話しかけてみる。

魔法で攻撃されたら終わりだ。打つ手はない。

――リィーン。

黒い靄は一回転し、背（？）を向けると森の奥へと進んでいく。

「……え～っと？」

「ついていってことかしら？」

とりあえず、攻撃されなかったのでホッ。警戒しつつ、あとをついていく。

何やら、特別な空間なのか草木の様子が異なっていた。真っ赤な木の実は宝石のようで、葉っぱは飴細工みたいに見える。木々は重なって鬱蒼としているのに、幹がぼんやりと光っていて幻想的な空間になっていた。一本道をしばらく歩くと、開けた場所に出る。

「――アメリア!!」

そこには、蔓で拘束されたアメリアと第二部隊の面々が。

アメリアはぐるぐる巻きの状態で、太い木の枝から吊され、リーゼロッテは縛られた姿で平たい巨大キノコの上に横たわっている。ベルリー副隊長は両腕を背中側で縛られた状態で木に吊され、ウルガスはみの虫みたいに全身を巻かれて大きな切り株の上に転がった姿で放置。ガルさんは木の幹と一緒に蔓が巻かれ、ガッチガチに拘束されていた。ルードティンク隊長は両手足縛られて、逆さ吊りにされている。血のめぐりとか大丈夫なのだろうか。顔色は悪くないけれど。不思議だ。

皆、ぐったりとしている。意識はないようだった。外傷はないように見えるが、服はボロボロで、痛々しい姿。果たして、大丈夫なのか。

『お主らが、客か?』

「!!」

一点に光が集まり、大きな何かが出現する。

「あ、あれは――!」

光が霧散すると、明らかとなる正体。

「あれは、水鰐鰐《コロカジール》……ではないですよね？」

トカゲのような体に、全身をびっしりと覆った水色の鱗、長い尾に鰭のある姿。緑の目には知性が感じられた。威厳があり、この場にひれ伏したくなるような雰囲気もある。ひと目で、魔物ではないとわかった。

巨体を持つ水鰐鰐《コロカジール》（？）は、悠然とした様子で私達を見下ろしていた。

『我は魔の存在《もの》ではない。大精霊、ネロ・シルワである』

水と森の大精霊らしい。もしかしなくとも、商人が目撃したのは、ネロ・シルワなのだろうか。ならば、大きな個体や竜と勘違いした話なども納得できる。

「あの、知的で聡明、寛大な大精霊、ネロ・シルワ様、一つ質問があるのですが、どうして彼らを拘束しているのでしょうか？」

答えによって、いろいろと交渉事も変わってくるだろう。ダメ元で質問してみる。

ネロ・シルワは目を細め、溜息を吐く。私の問いかけなど無視されるかと思っていたが――。

『なあに、眷属を増やそうと思っていてな』

「け、眷属ですか……」

ザラさんと顔を見合わせる。

どうやら、大精霊ネロ・シルワの我儘でルードティンク隊長達は拘束されたらしい。

攻撃したのは、武器を奪うためだったとか。

魔法研究局が森を荒らしたとか、疑ってごめんなさい。一応、心の中で謝っておく。

『そこなウサギ娘も、良いな』

「は⁉」

突然、地面から生えた蔓が伸びてきて、体を拘束される。しゅるしゅると巻き付いた蔓に引っ張られ、ネロ・シルワのもとへ引きずられていった。

「メルちゃん‼」

「ひぇえええ‼」

あっという間に低い木に吊される。以前にも、こんなことがあったような。今回は逆さ吊りではないだけマシか。いやいや、吊されることにいいも悪いもない。

いくら何でも、間抜けすぎる。

否、ルードティンク隊長やガルさん、ベルリー副隊長が捕まっている現状を見れば、私の抵抗など意味もないだろう。

ザラさんのほうにも蔓が襲ってきたが、戦斧ルクスリアで両断していた。

地面でうごごと蠢く蔓を、ザラさんは踏みつけ、ネロ・シルワを睨みつけた。

『――抵抗は止《よ》せ。この地はすべて我の意のまま。蔓も好きなだけ生やすことができる』

ザラさんは絶えまなく生えてくる蔓を次々と切り刻む。今は大丈夫そうに見えるけれど、体力が尽きればすぐに捕らわれてしまうだろう。

蔓に締め付けられるたびに感じる倦怠感。だんだんと、意識が朦朧としてくる。これは多分、体力とか魔力とか、諸々を吸い取っているのだろう。

『正解だ。ウサギ娘』

「え⁉」

もしや、心の中を読まれていた⁉

『またしても正解だ、ウサギ娘！』

私の心の声と会話しないでほしい。っていうか、ウサギ娘って呼び方も止めてほしい。

心の中のツッコミを聞いたからか、ネロ・シルワは肩を揺らしながら笑っていた。

『人の思念とは、至極愉快。飽きぬ』

「あの、これは、眷属にするのではなく、殺そうとしていませんよね……？」

『否。人の活動源となる力を抜き、我の力を注ぐ。すると、眷属となるのだ。だが、この者達は頑固で、誰一人として我が力を受け入れようとしない。このまま放っておけば、死ぬだろう』

「ええ、そんな……！」

とんでもないことが発覚したところで、ザラさんがネロ・シルワに接近し、戦斧を振り翳《かざ》す。

『なんと、我が蔓を掻い潜ってくるとは、見事なり』

ネロ・シルワはザラさんの魔斧ルクスリアを避けもせず、体で受け止める。

ガキン！　と、金属を打ち合わせたような音がしただけで、ダメージを与えているような気配はない。

ふと、気付く。蔓の拘束が緩んでいるような。首から下げていたスラちゃんの魔法瓶が、熱を発していた。

もしかして、蔓は熱に弱い？

出発前に飲んだ湯の力だろうか。スラちゃんは発熱していた。

この力を使えば、皆を助けることができるかもしれない。

ザラさんが気を引いているおかげで、私達のことには気付いていないようだった。

私は僅かに自由になった体を捻り、スラちゃんの魔法瓶の蓋を開く。

「スラちゃん、まずはルードティンク隊長を」

スラちゃんは触手を伸ばし、了解と言わんばかりの敬礼をした。

そして、ぴょこんと大跳躍。逆さ吊りにされていたルードティンク隊長にしがみ付くことに成功していた。

頑張れ、頑張れスラちゃん!!

『ぬ？』

ちらりと、ネロ・シルワが私のほうを見る。その刹那、私は無心となった。

『そうだ、色男よ。眷属になれば、特典を与えようではないか』

色男というのはザラさんのことだろう。私のウサギ娘とは違い、的確な呼び方だった。

ネロ・シルワが地面を足先で叩くと魔法陣が浮かび、ザラさんは後退した。魔法陣より、一本の細い木が生えてくる。それは、真っ赤な森林檎《メーラ》に似た木の実が生っていた。

『これは、渡した相手を惚れさせる力のある木の実だ。ほしいだろう？』

「何ですって？」

今まで聞いたことがないような、低い声でザラさんが聞き返す。

『好いた娘がいるのだろう？』

「そんなの、必要ないわ。努力をして、私を好きになってもらわないと、意味がないから！」

そう宣言すると、魔斧ルクスリアが発光する。

魔法陣が浮かび上がり、ザラさんが一歩踏み出せば、地面に亀裂が入った。

これは、魔斧ルクスリアの力だろう。

『なぬ⁉』

グラグラと揺れる地面、裂ける地表。

魔斧ルクスリアの力は絶大だった。体の均衡を崩したネロ・シルワは地面に倒れ込む。

ザラさんはまず森林檎《メーラ》の木を両断。それから、ネロ・シルワのもとまで一気に距離を詰め、唯一鱗に覆われていない口に戦斧ルクスリアを差し込んだ。動けば角度を変えて、口の中を裂くと伝えるザラさん。

「——ねえ、どうする？」

『お、おのりえぇ……』

次の瞬間、ドサリと重たい何かが落ちる音がした。ルードティンク隊長が蔓から解放されたらしい。

「っ……クソ、痛《いて》えな！」

意外にも、ルードティンク隊長の覚醒は速かった。

すぐに立ち上がり、周囲をきょろきょろと見て状況を把握、しているのか。

すらりと魔剣スペルビアを抜いて——。

「こいつ、死ね!!」

ネロ・シルワに襲いかかる。それを、ザラさんが制した。

「待って、ルードティンク隊長、攻撃したらダメ！」

「ザラ退け、こいつ、殺す!!」

「ダメだってば！　これ、精霊なの！」

「関係ない、ぶち殺す!!　こいつ、好き勝手やりやがって!!」

拘束される前に、いろいろとあったようだ。まあ、気持ちはわからなくない。……これは、あれか。ウルガスみたいに、「ルードティンク隊長がご乱心だ～！」と叫ぶしかないのか。しかし、そんな元気など残っていない。

「あの～～」

殺伐とした中で、一つの提案をしてみる。

「大精霊様の眷属に相応しい、お土産があるのですが～」

『んん？』

ここで、全員蔓から解放してもらった。

＊

『クエエエエ！　クエエエエ！』

意識が戻ったアメリアは、全力で私にすり寄ってくる。可愛いけれど、力強い愛情表現だ。でも、良かった。元気そうで。

リーゼロッテは魔力をたくさん吸い取られたので、まだ意識が朦朧としているよう。

そんなリーゼロッテを支えるベルリー副隊長の顔色も良くない。

ウルガスも似たような状態で、魔棒グラを杖代わりに使うよう、貸してあげた。

ガルさんは平然と立っているものの、尻尾がだらんと垂れている。

スラちゃんはガルさんと再会できて嬉しそうだった。

みんなの様子を見ていると蔓の拘束から解放されて、即座に「殺す！」と叫びながらネロ・シルワに詰め寄ったルードティンク隊長っていったいと、不思議に思った。まあこれも、ある意味山賊力だろう。

そして、私は魔棒グラで作った川鼈《スッポン》を大精霊ネロ・シルワに捧げた。

革袋の中に入れていた川鼈《スッポン》を取り出し、ネロ・シルワに見せようとしたが――。

「ウワッ、危なっ！」

危うく噛まれそうになって、そのまま地面に落としてしまった。

ネロ・シルワは川鼈《スッポン》を覗き込み、ポツリと呟いた。

『なるほど。活きが良い』

川鼈《スッポン》はサカサカと、ネロ・シルワに近付いていく。案外足が速い。

『ふむ、川の者か。良い良い、近《ちこ》う寄れ』

どうやら、ネロ・シルワは元気な川鼈《スッポン》をお気に召した模様。良かった、良かった。

荷物も全部戻ってきた。崖で落とした食材なども、黒い靄の精霊が回収してくれたようだ。

鍋が戻ってきたことが、一番嬉しい。

眷属を得て満足したネロ・シルワは、迷惑をかけたと一言残して消えていった。

終わった。やっと、終わった。

早く帰りたいけれど、空腹で力が……。

まずは、アメリアに果物を与える。拘束されている間も、自分用の鞄はしっかりと背負っていたらしい。

嬉しそうに食べている様子を見て、じわりと涙が浮かんだ。

次に、自分達の料理を用意する。

「ウルガス、その杖、ちょっと貸してください」

ウルガスの手から戻ってきた魔棒グラを握りしめると、ぼんやりと魔法陣が浮かび上がる。

「うわ、リスリス衛生兵、何ですか、それ?」

「魔棒グラの能力です。食材を作り出す力があるんですよ」

「うわ、すごいじゃないですか!」

「作れるの、川鼈《スッポン》だけですが」

「あ、さようで……」

もう川鼈《スッポン》は食べたくないけれど、憔悴しきった皆に手っ取り早く元気になってもらうには、うってつけの食材なのだ。

三択すべて川鼈《スッポン》の中から川鼈《スッポン》を選び、調理に取りかかる。

料理に使う水はスラちゃんが提供してくれた。秘められていた能力を見て、皆驚いている。

三匹ほど川鼈《スッポン》を作り出したが、今回の個体は生きていなかった。首を傾げつつも、無心で血抜きと解体をして、調理開始。

まず、川鼈《スッポン》の肉に香辛料をまぶし、揉みこんだ。臭みがなくなるよう、入念に。

表面に小麦粉を振り、少量の油でざっくりと揚げる。川鼈《スッポン》のからあげの完成だ。

「どうぞ、食べてください。元気になるので」

川鼈《スッポン》には私の魔力も含まれているので、きっと体の調子も良くなるだろう。

皆、食欲がないようで、お皿に手が伸びない。

「じゃあ、いただこうかしら」

ザラさんが味見をしてくれるらしい。スラちゃんが出してくれた、柑橘を絞って食べるよう勧めた。

「――あ、おいしい」

ぽつりと、ザラさんが呟く。

揚げ川鼈《スッポン》のお肉は魚と鶏肉を足して割ったような味わいなのだ。祖父の酒のつまみとして作っていた。

「衣はサクサクで、噛めば肉汁がじゅわっと溢れて、臭みもまったくないわ」

ザラさんからも太鼓判をもらう。その感想を聞いたウルガスが手を伸ばして食べる。

「うっわ、すっごくおいしいです！」

ウルガスのその一言をきっかけに、他の人達も食べ始める。

顔色も良くなっていったので、一安心となった。

最後に、皆がからあげを食べている間、こっそり作っていた料理を出した。

「リスリス衛生兵、これ、何ですか？」

チョコレート色の物体を指差し、ウルガスは無邪気に質問してくる。

「血のプリンです」

「え？」

「川鼈《スッポン》の、血のプリン」

川鼈《スッポン》の生き血を使い、小麦粉と香辛料を混ぜ、焼いて固めた自信作。

以前、ザラさんが家畜の血を食べる話をしていたのを思い出したので、作ってみたのだ。

ウルガスは嫌だと叫んだ。食わず嫌いは良くないので、特別に食べさせてあげた。

「ウウッ……あっ、ちょっぴりおいしい……」

抵抗していたが、血のプリンを食べた瞬間に大人しくなった。

川鼈《スッポン》の血は意外と癖がなく、さっぱりとしている。栄養があるので、しっかり食べてほしい。

ルードティンク隊長も食べるのを嫌がったけれど、無理矢理食べさせた。

リーゼロッテは抵抗する元気もないのか、口元に持っていったら、大人しく食べてくれた。

優等生のベルリー副隊長、ガルさん、ザラさんは大人しく食べる。

食後はしばし、休ませてもらった。互いに、これまでの経緯を語った。

ルードティンク隊長達は精霊の使う魔法に勝てず、あっさりと拘束されてしまったらしい。

「ザラ、お前、髪はどうしたんだ？」

「ちょっと気分転換」

「そうかい」

深く追及せずに、ルードティンク隊長はザラさんを労う。

「お前も大変だっただろう」

「ええ、いろいろと、ね」

ザラさんは微笑みを浮かべていたが、目がまったく笑っていない。

「帰りに、寄りたい場所があるの」

ルードティンク隊長に付き合ってほしいと、お願いしていた。

「実はこの武器、拾った人が村で売ったようで」

「そりゃ酷いな」

「でもまあ、それもわからなくもないのよね」

ザラさんが生まれ育ったのは雪深く閉鎖的な村。国境近くにあり、たまに亡命する者が助けを求めてやってきていたらしい。

「村に辿り着ける人は良かったのよ……」

春先になれば、森で白骨遺体が発見されることは珍しくなかったようだ。

深く厳しい雪の中、村に到達することもできず、息絶えてしまうのだ。

「そういう人を見つけたら、埋葬してあげなさいと、両親から教わっていたの」

その際、土に還すのは白骨と衣服のみで、金属などは自然の営みを妨害するので持って帰るよう言われていたらしい。

「金属――ナイフや装飾品は持ち帰って、商人に売っていたわ」

たまに、森に剣やナイフが落ちていることもあったらしい。これも、亡命者の私物である。

「これも、喜んで持ち帰って、商人に売った」

そうすれば、食卓に肉が並ぶ。ザラさんの村では、生き抜くためにそういうことも悪びれることなく行われていたと話す。

「まあ、こんな風に騎士がいない村で、拾った物を売ることは普通なのよ。みんな、生きるのに大変だから」

だから、ザラさんは魔斧ルクスリアが転売されているのを目の当たりにしても、落ち着いていたのだ。

「とは言っても、村人の間では盗みは行わないし、していいことと悪いことの分別はついているわ」

店主は知らないで買い取ったのだろう。そう思い、ザラさんは雑貨屋の件については見逃そうと思っていた――が。

「でも、あのお店、違法薬物を売っていたの」

「何だと⁉」

「堂々と売っていたわ。こちらが騎士と名乗ったのに、動揺の欠片も見せなくって――」

「馬鹿じゃないんだろう？」

「ええ。目利きは確かだったわ」

「なるほどな」

背後に大物が付いている可能性があると、ルードティンク隊長はぼやくように言った。

「まあ、むしゃくしゃしているから、派手に荒らしてやろうぜ」

「はい？」

なんか、正規の騎士とは思えない、とんでもない発言が聞こえた。

他の人の顔を見る。

ウルガスは無邪気な笑みを浮かべていた。

ガルさんは尻尾をゆらゆらと動かしている。ご機嫌なんですね。

スラちゃんはガルさんの肩の上にいて、しゅっしゅと拳を突き出すような動作をしていた。戦う準備をしているらしい。

リーゼロッテは目を細め、殺伐とした雰囲気でいた。不機嫌なようだ。

ベルリー副隊長は無表情でいる。ルードティンク隊長を止める雰囲気はない。

ザラさんはぶんぶんと戦斧ルクスリアを振り回している。殺《や》る気……いや、やる気が漲っているよう。

アメリアは翼をバザァと広げ、低い声で鳴く。こちらもやる気十分のようだ。

あれ、やる気がないの、私だけ？

一回上層部に報告してからガサ入れしたほうが良くない？　とか、裏に付いている人物が誰かわからないので、派手なことはしないほうがいいんじゃない？　とか思っているの、私だけ？

「あの……皆さん、どうして、そんな……」

答えなど、さっきルードティンク隊長が言っていた「むしゃくしゃしているから」なんだろう。

それでいいのか？

いや、良くないだろう。

「いい。許す」

ルードティンク隊長がきっぱりと言う。

え、いいの？　殴る？　店主、殴る？

「ああ、殴ってやれ。責任は全部俺が取る」

「店主……私も、殴る」

「その調子だ」

と、いうわけでルードティンク隊長より殴っていいという許可が出た。よって、店主に制裁を与えに行くことになった。


川鼈《スッポン》の効果か、みんな顔色も良くなったし、気力なども回復したようだ。

その分、荒ぶっている。元気になりすぎてしまった。

森から馬に乗り、村に辿り着く。

ボロボロの服装のルードティンク隊長を見て、村の男性が「ヒッ！」と声を上げる。

「おい、お前」

「お、おお、お許しを、私には妻子と老いた両親が!!」

「村長のもとへ連れていけ」

「はい?」

どうやら、きちんと許可を得てからガサ入れするらしい。礼儀正しい山賊だと思った。さすがだ。

村長の家で雑貨屋の話を聞く。

アメリアは入れなかったので、ガルさんと外で待機してもらった。スラちゃんは私の肩に跳び乗った。大人の話に興味があるお年頃らしい。

ルードティンク隊長は無精ひげを生やし、身なりが悪かったので騎士にはとても見えなかったが、村長さんは信じてくれた。いい人で良かった。

ルードティンク隊長は雑貨屋について話を聞く。

「その、わしらも、雑貨屋にはほとほと困っておって……」

雑貨屋がやってきたのは三年前らしい。それまで平和な村だったが、ガラの悪い人が出入りするようになっていたとか。

「雑貨屋で売っている物はどれも値段が高く、村人がやってきても、雑な接客しかせんかった。どうにかならんのかと何度も話に行ったが、取り付く島もなく」

「なるほどな」

今まで村に雑貨屋はなく、必要な物があれば出入りの商人に頼んでいたらしい。注文から一週間から十日もかかるので、不便だった。初めこそ雑貨屋ができたことを喜んでいたが、今は困った存在になっていると話す。

「なぜ、騎士隊に相談しなかった？」

「いえ、こんな辺境まで、騎士様がいらっしゃるとは思えず……」

「騎士はどこにでも行く。それが、俺達遠征部隊の仕事だ」

「はい……」

悔しいけれど、ちょっとルードティンク隊長がカッコイイと思ってしまった。

「話は把握したな？」

「もちろん」

ベルリー副隊長がいい返事をする。ウルガスが「毒矢はダメですよね？」とか物騒な質問をする。

「痺れ矢くらいならいいだろう」

「了解です！」

痺れ矢ならいいんか～い。思わず心の中で突っ込む。

「ルードティンク隊長、わたくしの魔法は？」

「攻撃魔法は誰か一人倒れたら許可する。ただし、小規模のものにしろ」

「了解」

リーゼロッテもやる気だ。

スラちゃんは手をシュッシュと動かし、戦う気でいたが、ルードティンク隊長に瓶の中にいろと言われてしまった。しょんぼりしていたが――。

「お前の手を煩わすまでもない」

そんなことを真面目な顔で言っていた。スラちゃんはその言葉を聞いて、納得したようだ。

ここで、作戦が言い渡される。

私とザラさんが雑貨屋に行き、商売認可証の提示を命じる。きっと持っていないだろうから、それを理由に検挙するらしい。

「まあ、基本穏便にな」

そんなことを言っていたが、怖い顔なので説得力が皆無だった。

今日はもう遅いので、一泊することになる。昨日と同じ宿で休むことになった。

翌日。お昼前に作戦開始となる。

魔法瓶入りのスラちゃんを首から下げた私とザラさんは、再度あの埃臭い雑貨屋に向かった。

各隊員、配置に就く。準備が整ったら――ザラさんと私で店内に入り、立ち入り調査を開始した。

「――は？」

店主は不快そうな表情で、通達を聞き返した。

「だから、商売認可証を出してくださいって言っているんですよ」

ルードティンク隊長の予想通り、無許可でやっているようで、認可証を出そうとしない。

違法だと指摘したら、村長の許可は得ているとか言い出した。

「一度、王都の商会局に行って審査を受けてください」

「だから、村長の許可は得ていると言っただろう！」

「村長は何度か、あなたに改善を求めに行ったと言っていたけれど、要望は聞いてくれないから、出ていってほしいと言っていたわ」

「うるせえ、男女野郎!!」

暴言を吐かれたザラさんが、手にしていた武器を軽く動かす。すると、肩を揺らしてビビる店主。

「認可証はひとまずいいとして。そこにある袋の中の植物、違法薬物よね？」

「これは――紅茶だ！」

「嘘よ」

「嘘じゃない。証拠はどこにある」

「じゃあ、私が全部買い取るから、中の草を燃やした煙を、一気に吸い込んでくれる？」

「それは――そ、そんな金、どこにあるんだよ」

ザラさんは腰にぶら下げていた金貨の入った革袋を机の上に叩き付けるように置いた。

「マジか」

私も店主につられて「マジか」と言ってしまう。きっと、ルードティンク隊長の所持金だろう。

「さあ、証明してみせて」

「クッ……」

お金は欲しいけれど、葉っぱの煙を吸って証明はできない。そんなことが見え見えだった。

「ねえ、早く」

「クソ！」

店主は金貨の入った革袋を掴み、叫んだ。

「おい、出てこい！　騎士が来た、殺せ！」

ドタドタと足音が聞こえる。ふむ、どうやら、二階に仲間がいたようだ。

ザラさんと私は雑貨屋から走って脱出する。

「オイ！」

「待てコラ！」

強面の男達があとを追ってくる。

外に出て対峙。ザラさんの武器の能力を最大限に発揮するのは、屋外のほうがいいのだ。

人数は全部で十人ほど。

なるほど。これだけ仲間がいるので、騎士が来ても大丈夫だと判断したのだろう。

しかし、私達は二人組ではない。

「お頭、相手は二名でっせ」

「おう」

お頭と呼ばれた大柄な男が雑貨屋から出てきたが――お頭が店の外に足を踏み出した瞬間、ルードティンク隊長が屋根から飛び降りてきて、下敷きにしていた。

「ぐえっ！」

「お頭！」

「うわあああ!!」

それが、戦闘合図だった。

ルードティンク隊長に続いて、ガルさんも屋根から飛び降り、賊を槍でなぎ倒した。

ザラさんのほうにはベルリー副隊長とウルガス、リーゼロッテが。

ウルガスは矢を放ち、賊の武器に当てて次々と手から落としていく。相変わらず、すごい腕前だ。

ベルリー副隊長は双剣を使わず、近接戦闘術で賊を倒していく。

リーゼロッテは光の球を作り出し、目くらましをしていた。

私はアメリアの背に乗って、上空に飛び上がった。

「ぎゃあ！」

『クエ～～』

アメリアは嬉しそうだったけれど、鞍なしで乗るのは心もとない――というか滑り落ちそうで怖い！

風を切って進めば、店の裏口から怪しい影が。雑貨屋の店主だ。

「こら～、待て～！」

『クエクエクエ～～！』

アメリアは大飛翔する。そして、店主へ体当たりした。

「ぎゃあ！」

ゴロゴロと転がり、木に衝突して止まる店主。

「大人しくお縄についてください！」

『クエ！』

懐からナイフを取り出し、こちらへ突き出してきたので、魔棒グラで応戦する。

『クエッ！』

「うわっ！」

アメリアが急に接近したので、体の均衡を崩す店主。

「隙あり!!」

「うわあ!!」

止めとばかりに、力いっぱい脳天に魔棒グラを振り下ろした。雑貨屋の店主は気を失う。

これ幸いと、手足を縛って拘束した。

以上で、雑貨屋一味はお縄となった。

身柄は騎士隊の駐屯所がある街へ引き渡すことに。

これにて解決。

空が青くて気持ちがいい！

勝利に酔いしれていた。

番外編　アメリアの第二部隊観察日記

○月×日

今日もエノク第二部隊は平和である。

ただ一つ、ルードティンク隊長の顔面を除いては。

先ほども、すれ違った騎士が「ルードティンク隊長、見たか？　三人殺してから出勤してきた顔だ……」と噂話をしていた。

第二部隊の隊長であるクロウ・ルードティンク——無表情にあたるのが、眉間に皺が寄った威圧感のある凄み顔で、眼光鋭く、彫りの深い顔は厳つい。それから、声も低く、加えて見上げるほどの巨体と、神は二物も三物も与えてくださったのだ。

そんなルードティンク隊長だったが、中身は二十歳の若き青年。悩みもいろいろあるのだ。今日もなぜか私に話しかけてくる。

「なあ、アメリア」

『クエ？』

「俺って、そんなに顔が怖いのか？」

反応に困る質問をされた。

心ない鷹獅子《グリフォン》であれば、「そうである」と返していたけれど、幸か不幸か、私には人を慮《おもんぱか》る心があるのだ。

とりあえず、「万人受けする顔ではないよね」と言えばいいのか。

――と、ここで、メルお母さんとウルガスがやってきた。

「隊長、ただいま戻りました」

「ウルガスに同じく」

二人でパンを焼きに行っていたらしい。

籠の中には、山盛りの焼きたてパンがバターの香ばしい香りを漂わせている。

「お疲れ様です、隊長！　今日も強面ですね～」

ウルガスが余計な一言を言ってしまった。ルードティンク隊長の強面はさらに凄みを増す結果に。そんな空気読めない発言をしたウルガスに、メルお母さんが物申す。

「ウルガス、騎士にとって強面は頼もしいことです。私は羨ましく思います」

確かに、メルお母さんは「ちびっこエルフ騎士」とか言われて、街のチンピラに絡まれがちだしね。私の存在に気付いたら、みんな逃げていくけれど。

ウルガスが出ていったあと、メルお母さんはルードティンク隊長に何事もなかったような素振りをしつつ、パンが上手く焼けたと渡していた。味見をしてほしいとも。

ルードティンク隊長はきょとんとした、完全に気の抜けた表情を見せつつ、パンを受け取る。パンを齧ったら、本当においしかったからか淡く微笑む。

メルお母さんもにっこり笑顔になった。

……その、何ていうか、ルードティンク隊長に婚約者がいなかったら、今頃大変なことになっていたと思う。良かったね、ザラ。何がとは、敢えて言わないけれど。

○月△日

本日は晴れ。気持ちのいい朝だったけれど、隊舎の渡り廊下で騒ぎが発生していた。

「この、泥棒猫！」

「何よ、あなたこそ泥棒猫でしょう？」

一人の騎士を巡って、メイド達が痴話喧嘩をしているようだ。

互いの髪を引っ張り合い、醜い争いを繰り広げている。

問題の騎士は、オロオロとするばかりだった――いや、止めてよ。

周囲に騎士が集まっていたが、皆ドン引きしていた――いやいやいや、だから止めて。

きちんと給料分、仕事をしてほしい。

完全に、勢いに慄いていた。この場を収める勇敢な騎士は一人もいないようだ。

メルお母さんとザラも困惑の表情を浮かべている。割って入ったら、無傷では済まないだろうと言っていた。確かに、引っ掻かれそうだ。

もう、誰にも止められない。そう思っていたが、颯爽と一人の騎士が現れる。

「二人共、何をしているのだ？」

黒髪に青目、すらりとした細身の双剣騎士、アンナ・ベルリー。

先日、『結婚したい騎士ベスト３』という、メイドの間で行われたアンケートで、第二王子近衛騎士隊のモテ男、シルベスタ・オーレリアを抜いて見事一位になってしまった、我らがベルリー副隊長だった。

どうやら、言い争いをしていたメイドとは顔見知りだったようで、間に割って入る。

「いったいどうしたんだ？」

「アンナ様！　この女が、私の彼氏を奪ったんです」

「違いますわ。アンナ様、この女が私の彼氏を奪ったんです」

「なるほど」

ベルリー副隊長は、この泥仕合をどう収めるのか。鷹獅子《グリフォン》の私までドキドキしてしまう。

「二人共、落ち着くんだ。私は怒った顔よりも、可憐な笑顔が見たい」

ベルリー副隊長の発言一つで、急に大人しくなるメイド達。乱れた髪を整え、もじもじしながら頬を染めている。

この台詞は使える！　と思ったのか、数名の騎士がメモを取っていた。

「話はあとで聞こう。もうすぐ、始業時間だ。遅刻をしてしまうよ」

「は、はい」

「で、では」

メイド達は今まで壮絶な喧嘩をしていたのが嘘のように、優雅なお辞儀をしてこの場から去っていく。そして、問題の騎士には、キツイ一言を。

「この件は上に報告させてもらう。名前と所属部隊、階級を言え」

「ひゃい……」

こうして、この場は丸く収まった。

イケメンで有能な騎士、ベルリー副隊長。

紛《まご》うことなき正義の味方であり、女性にとっては理想の騎士様なのだ。

×月〇日

ガル・ガルはいつでもマイペース。

狼の頭部に、逞しい体、モフモフの赤毛を持つ獣人の青年だ。

部隊の中で一番の年長者で、寡黙だけれど、みんな頼りにしている。

私にも優しくて、フカフカの長い尻尾をいつも枕代わりに貸してくれるのだ。

最近仲良くなった、人工スライムのスラは、ガルと離れずに傍にいる。

スラは魔物研究局の変態が工場の予算を職権乱用して作った。

大量の魔石と宝石を使って作られ、地上最強のスライムと化している。その件に関しては、現在拘置所にいる制作者である変態しか知らないけれど。

性質は、魔物というよりも精霊に近い。これは、善の気質があるガルのもとにいたことが大きいだろう。

あのまま、魔物研究局の変態が愛でていたら、悪しき魔物と化していたに違いない。

ガルに引き取られて、本当に良かったね。みんな、スラの力なんて、欠片しか気付いていないけれど。メルお母さんはスラに果実汁を与え、笑顔で見守っていた。

そんな二人を見守るガル。

今日も、第二部隊は平和であった。

△月×日

ジュン・ウルガスは、十七歳という年齢に相応しい、ごくごく普通の少年だ。

見た目的には青年と表してもいいのかもしれないけれど、何ていうか、どちらとも言えない微妙なお年頃。普通にモテたいとか思っているけれど、他のチャラい騎士みたいにメイドを口説きに行くこともない。

「あ～、モテたい……」

その呟きに、何て返したらいいかわからなくなる。

清潔感のある短髪に、可愛げのある目元、そこそこ鍛えている体。

見た目は悪くないのだから、モテそうな気もするが……？

「弓使いはモテないんだよなあ……」

得物でモテたりモテなかったりするらしい。いったいどういうことなのか。

「だいたい、弓使いだって言うと、うわ、地味、みたいな反応で……」

ちなみに、一番モテるのは細身の剣らしい。

「隊長みたいな大剣は、ちょっとごつすぎて引かれるらしい」

モテる武器を選べば良かったな、と呟くウルガス。

まったく、しょうもないことで悩んでいるものだ。

◇月○日
ザラはメルお母さんのことが好きだ。でも、ヘタレなので言えない。

最近は焦っているようで、牽制に忙しい。

というのも、メルお母さんはああ見えて、モテるのだ。

エルフは長身の美形というのがお決まりで、そんな人達の中で育ったメルお母さんの自己評価は物すごく低い。

けれど、王都の男性から見たら、かなり可愛いのだ。

意味もなく愛敬を振りまくので、ザラも気が気でない。

しかも、ザラにだけ無邪気な笑顔を向けるので、いったいどういうつもりなのかと、頭を抱える結果に。

たぶん、メルお母さんはいろんな気持ちにぎゅっと蓋をしているのだと思う。

好意を感じている部分もあるけれど、仕事にまで影響しそうで、見ない振りをしているのかもしれない。

いくら契約で繋がっているからといって、心の中がわかるわけではないけれど。

そんなメルお母さんであったが、最近は変化が現れた。

職場に口紅を付けていくか否か、真剣に迷っていたりする。

きっと、同年代の娘――リーゼロッテの影響も大きいだろう。

それにメルお母さんはザラに、特別な信頼を寄せている。

本人は気付いていないけれど。

と、こんな感じなので、ザラは気長に頑張ってほしい。

しかし、見守っているほうは切ないけれど。

頑張れ、ザラ！

○月○日

リーゼロッテ・リヒテンベルガーは幻獣大好き。私のことをいつもうっとり眺めている。紫色の長い髪に切れ長の目元、銀縁の眼鏡をかけ、出るところは出て、引っ込んでいるところは引っ込んでいる、美しき侯爵令嬢だ。

親の背中を見て子は育つと言うけれど、ここまで酷い例はなかなかないだろう。

しかし、幻獣好きを除けば、普通の良い子だ。

メルお母さんと友達になってくれたのは、とても嬉しい。

しかし、彼女も貴族的には結婚適齢期なのではないだろうか？

夜会に行く気配もないし、侯爵は結婚相手を探している素振りもない。その辺は謎だ。

騎士隊のへたれ共は、さすがに侯爵が怖いのか、リーゼロッテに声をかけようとしない。

高貴な雰囲気に、物怖じしている可能性もあるけれど。

この前、ちょっと面白いことがあった。

なんと、『結婚したい騎士ベスト3』で第二位に輝き、第二王子近衛騎士隊のモテ男でもある、シルベスタ・オーレリアが、わざわざリーゼロッテをナンパしに来たのだ。

金髪碧眼のタレ目で、イケメンだけどいかにも女好き、といった感じだ。

実家は伯爵家の次男なので、侯爵家の婿になることを狙っているのだろう。

「はじめまして、私はシルベスタ・オーレリアと申します」

「そう」

「……」

「……」

はい、会話終～～了～～～。

リーゼロッテはまったく興味を抱かない。

「あ、あの、私は第二王子の近衛部隊に所属していて」

「……」

ふいと、顔を逸らす。

うわ、無視だ。酷い、エグイ、冷血、リーゼロッテ！

本当、幻獣が絡まないと、この人はいつもこんなだ。

シルベスタ・オーレリアは、どうやって気を引こうかと、オロオロしている。まだ、諦めていないのは正直すごい。

と、そこに、ベルリー副隊長とメルお母さんがやってくる。

「お前、そこで何をしている！」

厳しい声で問いかけるベルリー副隊長。

リーゼロッテは急に不安げな表情を浮かべ、縋るようにベルリー副隊長へ駆け寄る。

「……怖かった」

ガン無視していましたが？

強《したた》かなリーゼロッテ。

ベルリー副隊長は、ぎゅっと抱きしめるように引き寄せ、鋭い視線をシルベスタ・オーレリアに向けていた。メルお母さんも、初めて見かける騎士を警戒して、ベルリー副隊長の袖を掴む。

「ま、またお前か、アンナ・ベルリー！」

「……？　貴殿とは、初対面だが」

「うるさい!!」

シルベスタ・オーレリアは半泣きで去っていった。

ちょっと可哀想だと思ったけれど、職場でナンパはちょっと……。

まあ、自業自得ということにしておこう。

〇月◇日
シャルロットはメルお母さんと仲良しだ。姿を見つけると、毎日抱きつきに行っている。
その様子を見たウルガスが、「羨ましい……」と呟いていることは、聞かなかったことにしよう。慣れない異国の地でも、めげずに頑張っている勤労少女だ。

そんな彼女に関して、意外なことがある。それは、山賊――ではなく、ルードティンク隊長に懐いていることだ。

今日も、会議に出かけていたルードティンク隊長を、シャルロットは笑顔で迎える。

「サンゾク隊長～～！」

「おう」

ルードティンク隊長もルードティンク隊長で、山賊呼ばわりを受け入れる優しさを見せていた。

「あのね、シャル、頑張っているサンゾク隊長に、おいしいお茶を、淹《い》れてきてあげるね」

「だったら、ベルリーと三人で飲もう。さっき、他の部隊の隊長から、菓子を貰ったんだ」

「やった～！」

「数は少ないから、他の奴には内緒だからな？」

「うん！」

二人の様子は、まるで仲の良い兄妹のようだ。

――とまあ、こんな感じで、第二部隊は今日も平和だった。

おまけ　クッキーパーティーをしよう

シャルロットは文字を書けるようになりたいようで、絵本を書き写して練習しているらしい。

日に日に上達しているようだが、読書にもはまりつつあるようだ。

お昼休み、シャルロットが私とアメリア、リーゼロッテに絵本の読み聞かせをしてくれたのだが、以前と比べると、喋りはずいぶんと上達していた。

「シャルロット、すばらしいです！　お上手ですよ」

「思わず感情移入しながら、聞いてしまったわ」

『クエエ！』

アメリアも楽しかった、と感想を口にする。

「わー、よかった！　きちんと読めているか、シャル、心配だったの！」

暇さえあれば、絵本を音読し、練習していたようだ。

「絵本、楽しいねえ。シャルが一番好きなのは、お姫様が登場するやつ」

つい先日、給料日だったので、購入したようだ。

「ここの、夜会のところが、とっても好きなの！」

シャルロットは絵本を開き、見せてくれる。それはお姫様が美しいドレスをまとい、シャンデリアの下で王子様とダンスをするシーンであった。

「リーゼロッテもお姫様だから、夜会に行ったことはあるの？」

「わたくしはお姫様ではないけれど、夜会には参加したことはあるわ」

「すごーーい！」

瞳をキラキラ輝かせるシャルロットに、リーゼロッテは「そこまで楽しいものでは……」と言いかけたが、途中で口を閉ざし、明後日の方向を向く。

これまでのリーゼロッテであれば、はっきり言っていただろう。彼女も日々成長しているのだ、と感心してしまった。

「いいなー。シャルも、夜会に行ってみたいなー」

夜会への参加はリーゼロッテは叶えてくれるだろうが、人が多い夜会はシャルロットには精神的な負荷がかかる。

リーゼロッテもわかっていたようで、「そうね」と言葉を返すばかりだった。

夜会に参加できないのであれば、私がパーティーを主催すればいいだろう。

即座にアイデアが浮かんだ。

「でしたら、クッキーパーティーでもしません？」

「クッキーパーティー？」

「はい。夜、ベッドの上にこっそりクッキーとお茶を持ち込んで、食べるだけの催しです」

「えーー！　楽しそう！」

ワイワイと盛り上がっていたら、リーゼロッテが遠慮がちに挙手する。

「あの、わたくしも、クッキーパーティーに参加したいわ」

「いいですよ。一緒に楽しみましょう」

「やったー！　リーゼロッテも一緒だー！」

『クエエー！』

パーティーということで、リヒテンベルガー侯爵邸を会場として提供してくれるらしい。

なんだかパーティーらしくなってきた。

「シャル、クッキー作り、頑張るね！」

「私も気合いを入れて準備します」

「わたくしは――」

リーゼロッテは無理をしなくていい、と言おうと思ったが、彼女も決意表明し始めた。

「実家の菓子職人と一緒に、頑張って作ってみるわ」

「楽しみにしていますね」

『クエエ』

そんなわけで、私達は次の休日に、クッキーパーティーを開催することとなった。

＊

ついに、クッキーパーティーの当日を迎える。今日は朝から、夜に持っていくクッキー作りをするのだ。

今回、変わり種クッキーを作ろうと思っている。

メインとなる材料は、赤茄子《トマテ》と迷迭香《ローゼマリー》。

塩を振って仕上げる、しょっぱい系のクッキーだ。

まず、クリーム状にしたバターに小麦粉と砂糖、塩、迷迭香《ローゼマリー》を加え、ヘラで切るように混ぜていく。

これにペースト状になるまで潰した赤茄子《トマテ》と卵を加え、生地をまとめていく。

生地がなめらかになったら、薄く伸ばして三時間ほど冷暗所で休ませる。

待つ間、アメリアの翼の手入れをしたり、遊んだりと、有意義なひとときを過ごした。

三時間後――薄くのばした生地を長方形にカットし、粗塩をぱらぱら振りかけてから窯で焼いていく。

二十分後――塩クッキーの完成だ。

ひとつ食べてみたがほどよくしょっぱさが利いていて、とてもおいしいクッキーだった。

粗熱が取れたらバスケットに入れて、準備完了。

「アメリア、夜が楽しみですね」

『クエ！』

しばらく昼寝をし、夜に備えたのだった。


夜になるとリヒテンベルガー侯爵邸から迎えがやってくる。すでにシャルロットは乗っていて、笑みを浮かべながら迎えてくれた。

「メル、こんばんは！」

「こんばんは！」

「夜の挨拶、初めてだね」

「そういえばそうですね。なんだか新鮮です」

シャルロットの膝には、クッキーが入っているであろう紙袋が置かれていた。

「シャル、頑張ってクッキー、作ったよ」

「楽しみにしていますね」

「うん!!」

馬車に乗れなかったアメリアは、並走してついてきていた。

リヒテンベルガー侯爵邸に到着すると、シャルロットは驚いているようだった。

「これ、お姫様の宮殿みたい!!」

「リーゼロッテはもはや、私達からしたら、お姫様みたいな存在ですよね」

噂をしていたら、リーゼロッテが迎えてくれる。夜だからかガウンをまとった姿だった。

「メル、アメリア、シャルロット、いらっしゃい！」

シャルロットはスカートを軽く摘まみ、挨拶を返す。

「本日はお招きにあずかり、感謝、しております」

暗記した絵本の台詞らしい。リーゼロッテは微笑みながら、会釈を返す。

「こっちよ。今日は特別な客間でクッキーパーティーをしようと思って」

案内されたのは、水晶のシャンデリアが輝く寝室だった。

大きな寝台には、すでに敷物が広げてある。

「すごーい！　ここ、絵本の中に登場した、夜会の会場みたい！」

シャルロットは嬉しそうに、くるくる踊り始める。

「今日はお揃いの寝間着も用意したの。着替えましょう」

「ドレスだ！」

リーゼロッテが用意したのは、シュミーズドレスと呼ばれるものである。寝間着のようだが、私達の目には立派なドレスに見えた。

アメリアには、リボンとフリルたっぷりのボンネット帽が用意されていた。

寝台の上に上がり、各々持ち込んだクッキーをお披露目する。

「シャルのクッキーは、木の実入りのクッキーだよ」

母親と一緒に作った、思い出のクッキーらしい。

「おいしそうですね」

「ええ、本当に」

「でしょう?」

続いて、リーゼロッテがクッキーを紹介する。

「わたくしは、チョコレートを挟んだクッキーよ」

チョコレートを溶かすところからリーゼロッテは頑張ったと言う。これもおいしそうだ。

「あと、幻獣用の乾燥果物クッキーも作ったわ。アメリアに、どうぞ」

『クエエ!』

まさか自分の分もあると思っていなかったのだろう。アメリアは嬉しそうだった。

最後に、私の塩クッキーを紹介する。

「しょっぱいクッキーを用意しているなんて、メル、さすがだわ」

「任せてください」

紅茶を掲げるだけの乾杯をしたあと、クッキーパーティーが始まる。

まず、シャルロットのクッキーからいただいた。

「木の実が香ばしくて、クッキーはサクサクで、おいしいです」

「紅茶との相性が抜群だわ」

シャルロットは尻尾を左右に動かしながら、感想を聞いていた。きっと嬉しいのだろう。

続いて、リーゼロッテのチョコレートサンドクッキーを食べる。

「チョコレートがなめらかで、クッキーはバターの風味がすばらしいです」

「こんなしっとりしたクッキー、シャル、初めて！」

さすが、リヒテンベルガー侯爵家に伝わるクッキーだ。おいしすぎる。

アメリアは乾燥果物のクッキーを、パクパク食べていた。お口に合ったようだ。

最後に、私の塩クッキーをシャルロットやリーゼロッテが食べてくれた。

「甘い物からのしょっぱいクッキー、最高だわ」

「メル、このクッキー、初めての味！」

お気に召してくれたようで、ホッと胸をなで下ろす。

その後も甘いクッキーとしょっぱいクッキーを交互に食べ、楽しい話に花を咲かせる。

初めて開催したクッキーパーティーは、大盛況のまま幕を閉じたのだった。

特別収録　ベルリー副隊長とメルの打ち上げごはん

「メルちゃんの様子がおかしいの！」

終業後、突然、ザラから相談を受ける。なんでも、ここ数日、リスリス衛生兵に避けられているのだという。

「私、何か嫌われるようなことをしたのかって、心配で」

「気のせいではないのか？」

「違うわ。おかしいのよ」

どうしても気になるので、今日、リスリス衛生兵を食事に誘って話を聞いてきてくれないかと頼まれた。

「アンナ、一生のお願い！」

おそらく気のせいだろうが、ここまでザラにお願いされたら断るわけにもいかない。

「わかった」

「アンナ、ありがとう！　本当に、感謝しているわ！」

ザラは感極まったのか、私に抱き着いてくる。余程、嬉しかったのだろう。

しかし、彼はとても運が悪い。ガチャリと休憩室の扉が開き、抱擁しているところをリスリス衛生兵に見られてしまったのだ。

「え？　あ！　す、すみませんでした！」

「メ、メルちゃん⁉」

リスリス衛生兵は素早く会釈して、扉を閉める。

想定外の展開にザラは驚きすぎて硬直していた。そのため、私が動くほかない。

ザラには家に帰るように言って、すぐにリスリス衛生兵を追いかける。

「リスリス衛生兵、待ってくれ！　違うんだ！」

声をかけると、リスリス衛生兵は立ち止まって振り返る。

「ち、違うというのは？」

「ザラが私に抱き着いていたのは、感極まっていたからだ」

「そ、そうだったのですね。てっきり、特別親しい関係にあるのかと、勘違いを」

「ザラは友人だ。それ以上の関係ではない」

「で、ですよね」

誤解を解いたあと、そのまま食事に誘う。

「リスリス衛生兵、よかったら、このあと食事に行かないか？」

先日の遠征の打ち上げだと言ったら、突然の誘いにも応じてくれた。

「でしたら、ザラさんも誘います？」

「いや、ザラはこれから用事があるらしい」

「そうでしたか」

そんな話をしていたら、ルードティンク隊長がやってきた。

「おい、お前ら、何をしているんだ？」

「あ、隊長、私達これから――」

このままではリスリス衛生兵はルードティンク隊長も食事に誘ってしまう。

そう思ったので、素早く彼女の肩を抱き、この場を去ることにした。

「すみません、ルードティンク隊長。急いでおりますので」

「お、おう。気を付けて帰れよ」

「ありがとうございます」

リスリス衛生兵と向かった先は――ザラが務めていた食堂。

今日も大勢の騎士たちが詰めかけている。相談事があるので、個室を貸してもらった。

「リスリス衛生、好きなものを頼むといい」

「ありがとうございます！」

私は猪豚《スース》の赤葡萄酒煮を、リスリス衛生兵は三角牛《カローヴァ》のローストを頼んだ。

すぐに、肉料理は運ばれてくる。

「うわあ、おいしそうです」

「足りなかったら、どんどん頼むといい」

「ありがとうございます」

リスリス衛生兵は、大きく切り分けた肉を口いっぱいに頬張っていた。

「リスリス衛生兵、おいしいか？」

「はい、おいしいです！　付け合わせのジャガイモにお肉が合っていて……はあ、幸せ！」

幸せそうな顔を見ていると、連れてきてよかったと思う。

ただ、今日はリスリス衛生兵にごちそうしにきただけではない。本題へと移る。

「リスリス衛生兵、先日の遠征は大変だっただろう？」

先日の遠征で、リス衛生兵はザラと二人、崖から転がって川に落ちてしまったのだ。

「大変でしたが、ザラさんが一緒だったので、心強かったです」

「そうか」

ここから、どうやって探ればいいのか。考えていると、リス衛生兵が話し始める。

「助けていただいたお礼に、アクセサリーを買ったんです。でも、渡せるのは次の休みなので――」

なんでも、ザラが喜んでくれる姿を想像したら、顔がニヤついてしまうらしい。

「それで、顔にでないよう、我慢をしているのですが」

「なるほど」

やはり、ザラの心配は杞憂だったのだ。

翌日、ザラに安心するように言った。近日中に、リスリス衛生兵の行動の理由がわかるだろうとも。ホッとしていたザラの様子を見て、やっと私も安堵することができた。


（GCノベルズ版 メロンブックス店舗特典）

ファンレター、作品のご感想をお待ちしています!

【宛先】
〒104-0041
東京都中央区新富1-3-7　ヨドコウビル
株式会社マイクロマガジン社
GCN文庫 編集部

江本マシメサ先生 係
赤井てら先生 係

【アンケートのお願い】

右の二次元バーコードまたは
URL（https://micromagazine.co.jp/me/）を
ご利用の上、本書に関するアンケートにご協力ください。
■スマートフォンにも対応しています（一部対応していない機種もあります）。
■サイトへのアクセス、登録・メール送信の際の通信費はご負担ください。

GCN文庫

エノク第二部隊《だいにぶたい》の遠征《えんせい》ごはん 文庫版《ぶんこばん》③

2023年7月24日　初版発行

著者　江本《えもと》マシメサ

イラスト　赤井《あかい》てら

発行人　子安喜美子

装丁／DTP　横尾清隆

校閲　株式会社鷗来堂

印刷所　株式会社エデュプレス

発行　株式会社マイクロマガジン社
〒104-0041　東京都中央区新富1-3-7　ヨドコウビル
［販売部］TEL 03-3206-1641／FAX 03-3551-1208
［編集部］TEL 03-3551-9563／FAX 03-3551-9565
https://micromagazine.co.jp/

ISBN978-4-86716-447-1 C0193